U0082889

常怡 著

# 故宮裡的大怪獸

|升級版|

MONSTERS IN THE FORBIDDEN CITY

## 白澤大王的回憶

7

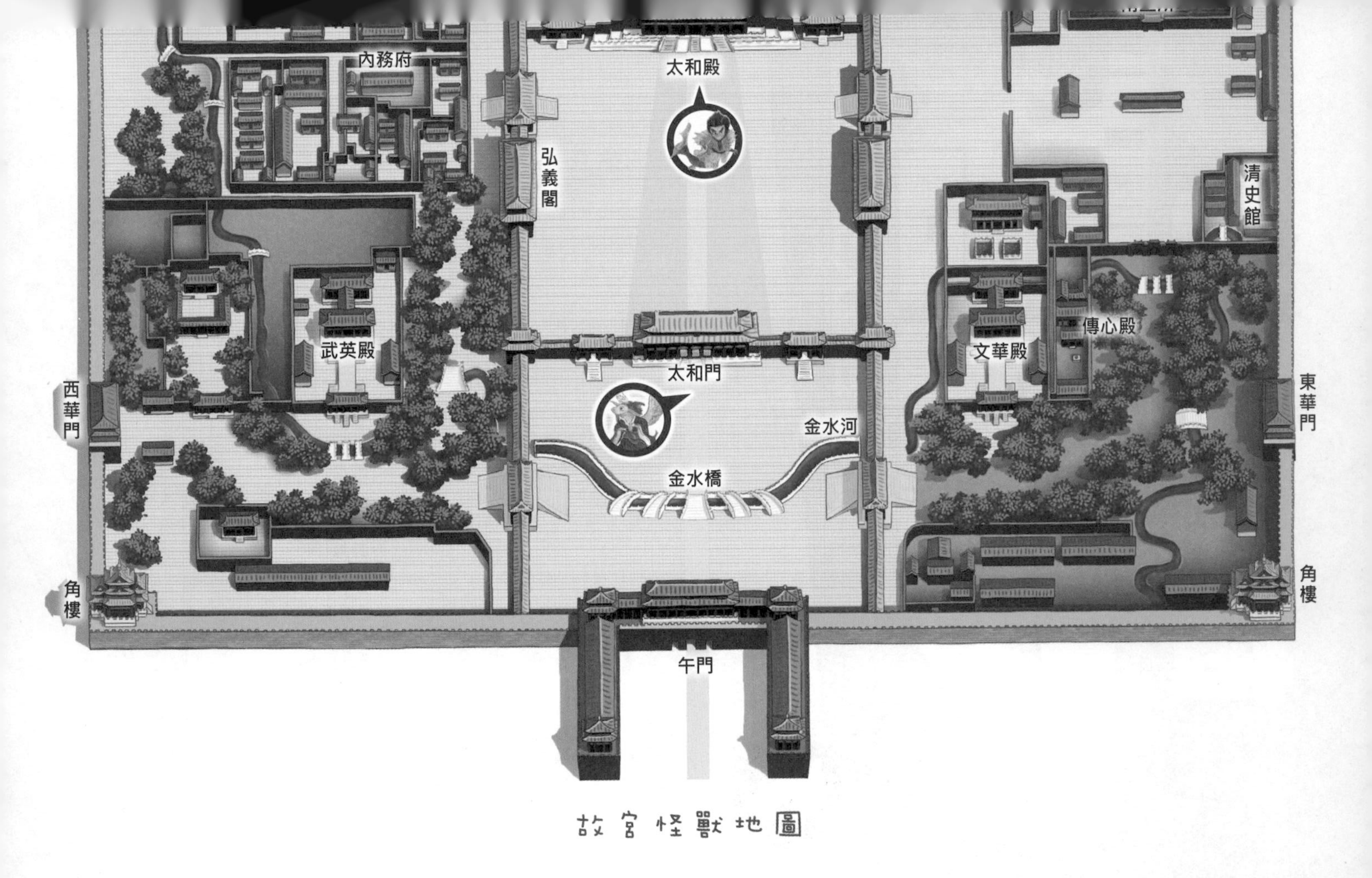


故宮怪獸地圖

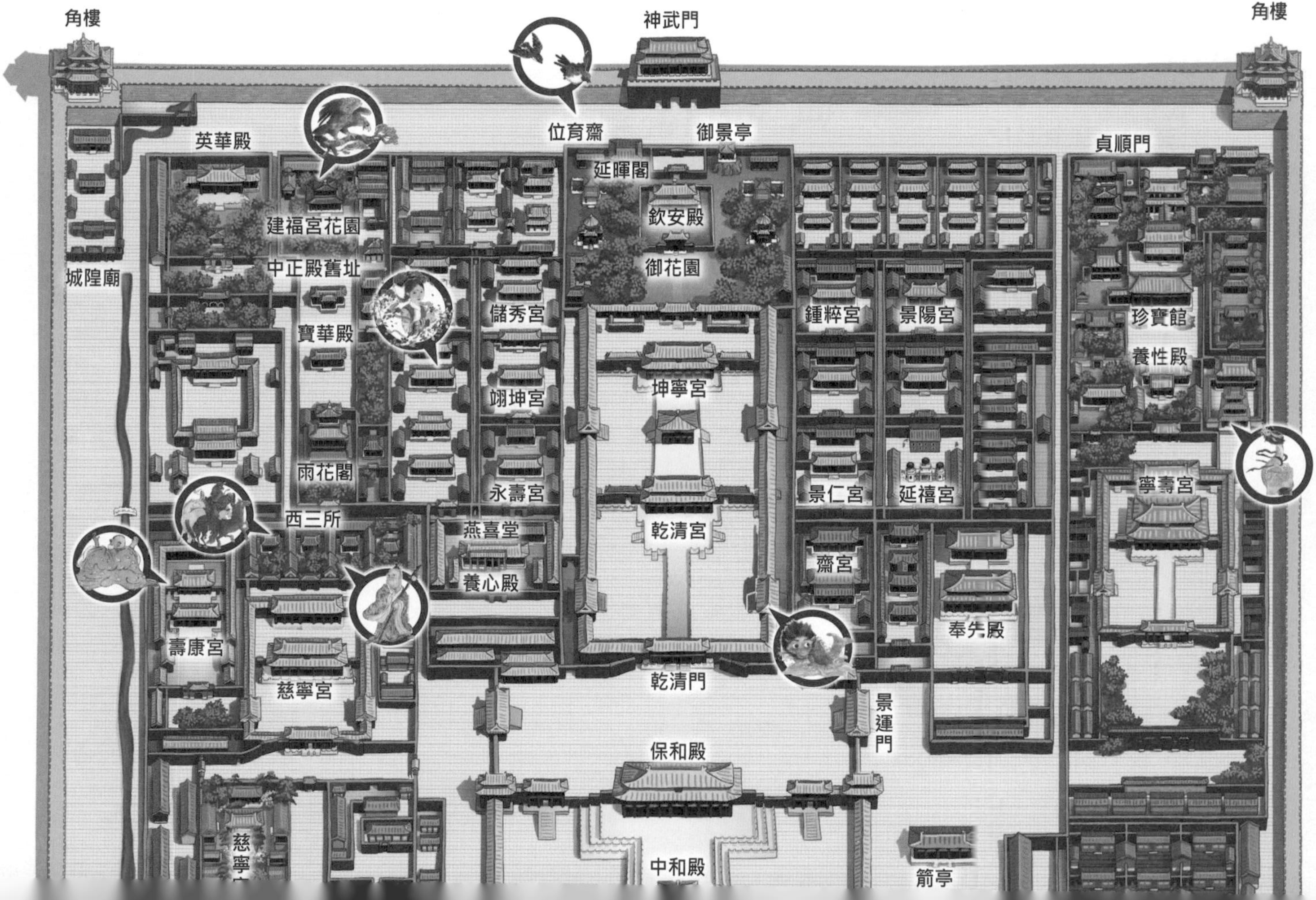

角樓
貞順門
珍寶館
養性殿
寧壽宮
奉先殿
箭亭
景運門
景陽宮
延禧宮
鍾粹宮
景仁宮
齋宮
神武門
御景亭
欽安殿
御花園
延暉閣
位育齋
坤寧宮
乾清宮
乾清門
保和殿
中和殿
儲秀宮
翊坤宮
永壽宮
燕喜堂
養心殿
建福宮花園
中正殿舊址
寶華殿
雨花閣
西三所
慈寧宮
英華殿
壽康宮
角樓
城隍廟

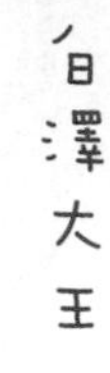


古老的怪獸，長得像獨角羊，背上有一對大大的翅膀。會說人類的語言，而且瞭解世界上所有的神仙、怪獸、妖精、植物和動物。

金吾

被古書描述為「形似美人」的怪獸。有美人魚一樣的尾巴，卻長了一個奇大無比的龍頭，身上還有一對肉肉的翅膀。

**鳶（ㄩㄢ）鳥**

古代神鳥，深得皇帝們喜歡。脾氣很大，因被楊永樂誤稱為老鷹，感到不滿，便使用鳴叫引來了猛烈的沙塵暴。

**虭蛥（ㄉㄧㄠ　ㄕㄜˊ）**

住在高塔頂端或白玉柱頭之上的怪獸。龍的兒子，長得像龍，但個頭卻還沒有野貓大，眼睛能透視一切物體，喜歡站在高處遠眺。

## 八駿

八匹神馬，曾經拉著周穆王去崑崙山拜見西王母。周穆王死後，八駿為西王母所有，西王母經常把他們借給別人使用。

## 馬師皇

獸醫之神。生前是黃帝的馬醫，醫術高明，卻很財迷。李小雨為了給野貓梨花治病找到了他，但他提出了非常苛刻的條件。

### 敦恪（ㄎㄜˋ）公主

康熙皇帝的第十五個女兒，十八歲時嫁給蒙古科爾沁部落的王子，王子卻不愛她。她在抑鬱中死去，死後變成凌霄花，回到了長春宮，專門賜福給那些戴著凌霄花出嫁的姑娘。

### 鰲（ㄠˊ）魚

原是遠古時代黃河的鯉魚，在跳龍門時，意外跳錯方向，沒能變成龍。又因為不小心吃了龍珠，結果變成了長有龍頭、魚身、烏龜腳的怪獸。

# 目錄

# 壹 白澤大王的回憶

他居然讓我叫他「大王」！

雖然我只是個十一歲的小女孩，雖然我還在上小學五年級，雖然我還有好多數學題不會做，但是，我見過的怪獸可不少。我敢說，故宮裡沒有人比我認識的怪獸多！連自稱巫師的楊永樂，也沒有我那麼多的怪獸朋友。

連真正的怪獸之王龍大人，也從來沒讓我叫他「大王」。眼前這個怪獸，還沒有龍的尾巴長，長得就像一隻獨角羊，雪白的山羊鬍子垂在胸前，背上有一對大大的翅膀，一雙驕傲的眼睛都快翻到天上去了。

「『白澤大王』，你們人類都是這樣叫我。」他說，「福建那邊現在還有供奉我的廟宇，就叫白澤大王廟。」

「是這樣啊！」我嘴裡這麼說，心裡卻一點都不服氣。故宮裡的任何一個怪獸都比他長得更像「大王」。

要是平時，在故宮裡碰到這麼驕傲的傢伙，我早不理他了，可是現在，我卻不能這麼做，因為這個叫白澤的怪獸腳下正踩著我的書包。

這都怪我自己不小心。剛才放學回來，在太和門西邊碰到野貓菜花帶著她新出生的小貓們遛彎，我就逗他們玩了一會兒，把書包順手扔到了地上。直到天黑，媽媽叫我寫作業，我才發現書包不見了。等到我一路找回來時，就已經有一個陌生的怪獸蹲在了太和門西側的廊廡前，一隻腳踩著我書包。

我一心只想把書包要回來，不想找麻煩。於是我順從地說：「白澤大王，您待在這裡幹什麼呢？」

白澤抬起頭，望了望漆黑一片的天空，才慢悠悠地說：「我在回憶過去。」

我等不及地說：「那您慢慢回憶，我的書包在您腳下，能不能……」

白澤像沒聽到我說話一樣，自顧自地說：「妳想聽故事嗎？」

「您會講故事？」我睜大了眼睛。故宮裡的大怪獸雖然各有各的本領，但是會講故事的怪獸我還是第一次碰到。

一看我感興趣了，白澤倒是不著急了。

「這麼好的夜晚，來點酒怎麼樣？」他側著頭問我。說著，「呼」地一聲，我們身旁的空地上就冒出了一壺酒。

「今天是陰天，連月亮都看不到。」我看看天空，墨色的雲彩沒給月亮留一點縫隙。「再說了，我還是小學生，不會喝酒。」

「不會喝酒，那來盤點心吧！」

白澤的話音未落，酒壺旁邊就「呼、呼、呼」地冒出四五個盤子，裡面裝著各種香噴噴的酥皮點心，都還冒著熱氣，像剛烤好的一樣。

嘿！這個怪獸還挺厲害。

「您還會變什麼？」我不客氣地拿起一塊點心咬了一大口，好吃！是我喜歡的蛋黃酥。

「我會變的東西多了。」白澤瞇起他山羊般的眼睛說，「不過我會變的東西，沒有我的故事多。」

「您到底有多少故事啊？」

白澤瞇著眼睛說：「想當年黃帝在東海碰到我，我可給他講了三天三夜的故事呢！」

「皇帝？哪個皇帝？」

「是五千年前的軒轅黃帝，就是被你們稱為中華民族始祖的那位。」

我深吸了一口氣：「天啊！您已經活了那麼長時間了？」

白澤微微一笑，喝了口酒壺裡的酒說：「我活的時間比這還久呢！」

他這麼一說，我突然想起書畫館的孫叔叔曾經跟我講過《白澤圖》的故事：

五千年前，古華夏部落聯盟的首領黃帝走遍了全國各地，想瞭解自己國家的真實面貌。走到東海的時候，他碰到一個怪獸，這個怪獸會說人類的語言，而且知道世界上所有的神仙、怪獸、妖精、植物和動物。怪獸的名字就叫白澤。於是黃帝向白澤打聽怪獸的事，白澤告訴他，這世間有一萬一千五百二十種怪獸和妖精，並把他們的樣子、習性都一一告訴了黃帝。黃帝叫人把白澤所說的怪獸和妖精都畫了下來，並為這本書取名為《白澤圖》。據說，《白澤圖》流傳了幾千年，可是在五百多年前突然消失不見了。從此，再也沒有人知道，那上面都記錄著什麼有趣的怪獸和妖精。

白澤突然看著我的眼睛問：「妳很喜歡看童話故事吧？」

我吃驚極了：「您怎麼知道？難道說您還能看透人心？」

白澤搖搖頭說：「這倒不是，只是剛才看到妳的書包裡的童話書比課本還多呢！」

我臉紅了，趕緊解釋：「那是帶到學校留著下課的時候看的。」為了不讓他覺得我只是個小孩子，我接著說：「不過我也喜歡看科幻小說。」在我眼裡，科幻小說是大人們看的書。

「那也就是說，無論妳聽到多麼離奇的故事都能接受吧？」

我感到一絲挑戰的意味，於是仰著下巴說：「那當然了，再怪的事我都聽說過。但您為什麼要這麼問呢？」

「我怕我的故事會嚇到妳。」白澤笑了笑。

不知道為什麼，我打了個冷顫。吃了口點心，讓自己冷靜了幾秒鐘，我抬起頭問：「您是要跟我講《白澤圖》裡的故事嗎？」

「呵！妳還知道《白澤圖》呢？」白澤吃了一驚，「看來我是找對人了。」

我回答：「自從我聽說那個故事後就一直很好奇，那本書裡面都記錄了什麼樣的怪獸和妖精。」

「碰到黃帝那天和今天一樣，我喝了點酒。」說著，他「咕嘟、咕嘟」地又喝了幾口酒，「喝了酒，頭暈暈的，特別高興，所以我才和黃帝說了那麼多故事。事後還因為這件事遭到怪獸和妖精們的埋怨。」

「您真的認識所有的怪獸、妖精和鬼嗎？」

白澤晃了晃他的山羊鼻子說：「那當然。」

「我聽說，十幾年前，故宮裡曾經有一位保全叔叔晚上在廁所裡碰到一個穿綠衣服的老頭，您知道是誰嗎？」我問。

這個故事在故宮裡流傳了好久，連網路上都能搜索到：一個值夜班的保全，在檢查故宮廁所的時候，突然看到一個穿著綠袍子的白髮老人，頓時被嚇暈了。事後，這位保全就辭去了在故宮裡的工作。

沒想到白澤搖著頭說：「真是個傻瓜，那是廁精啊！就是守護廁所的精靈，他長得一點都不可怕，是個很慈祥的老人，喜歡穿青綠色的袍子，戴著地主帽。人也出奇的大方，要是那個保全當時能叫出他的名字，他還會贈送金銀財寶給他呢！」

真有意思，我有點替那個保全叔叔遺憾了。

「故宮裡還有什麼精靈呢？」

白澤神神祕祕地說：「上個月，午門那邊辦玉石展，妳有沒有見過一個古代美女？」

我搖搖頭。我放學很少走午門，那邊離我媽媽的辦公室太遠了。

「那個美女穿著翡翠綠的衣裳，梳著高高的頭髮，她是玉之精，名字叫委然。」白澤接著說，「她是我最喜歡的精靈，人美，唱歌也好聽。可惜她膽子小，一遇到人動靜就會變成一塊玉石。不過也難怪，聽說她成為玉之精前是一位雕刻玉石的少女，因為不小心弄壞了一塊寶玉，實在太傷心了，就化作了玉之精來守護這些玉石。」

玉之精，光聽名字就讓人嚮往起她的樣子來。故宮什麼時候還辦玉石展呢？我回去要好好問問媽媽。

「我媽媽說，金水河裡也有精靈保護，所以我們這些經常在故宮附近玩的孩子，才從來沒有人掉到河裡過，是真的嗎？」我問。

「那是水之精，他叫罔象。」白澤搖頭晃腦地說，「那孩子還沒有妳的個子大呢！就是個小屁孩。他被太陽曬得黑黑的，身體特別結實。和你們不同的是，他的眼睛是紅色的，耳朵也要比正常孩子大很多。他的手是爪子，妳如果能叫出他的名字，他會抓魚送給妳當禮物，是特別友好的精靈。因為長得像小孩子，好多人也叫他河童。罔象喜歡小孩，所以有罔象守護的河裡都不會有孩子落水。哪怕偶爾有孩子不小心掉下去，罔象也會幫忙推上岸。」

「如果罔象生活在金水河裡，為什麼我從

來沒見過他呢？」我追問。

白澤「呵呵」一笑說：「那孩子太害羞，尤其是怕見到女孩子。一見到女孩子，他跑得比泥鰍還快呢！」

「真希望能見見他。」我嘆了口氣，有點遺憾。

天空越來越暗，沒有月亮，卻也能看到流走的墨色的雲。

「白澤，您真厲害！一萬多種神仙、怪獸、妖精都能記得那麼清楚。」我感嘆，如果我有這麼好的記憶力，每次考試就不會只有那麼一點點分數了。

「我啊！不知道為什麼，這幾千年來，只要見過的事、見過的人，就怎麼都不會忘記。」白澤並沒有因為我的誇獎而高興，反而皺起了眉頭，「妳知道我最羨慕你們人類的是什麼嗎？」

一個這麼厲害的大怪獸，居然還羨慕人類？我瞪大眼睛問：「是什麼？」

白澤回答說：「我最羨慕你們人類的，就是頭腦裡有遺忘功能。我卻什麼也忘不了。不愉快的事、討厭的事，過了幾千年也忘不了，妳覺得這會是什麼感覺？」

「我……想不出來。」

白澤深深嘆了一口氣，說：「我累了。要這麼多回憶有什麼用呢？」

我想了想，也對，如果什麼事情都不能忘，那腦袋不是會被裝得滿滿的嗎？

「您不是會魔法嗎？或者，怪獸和神仙裡應該有魔法可以讓您忘掉以前的事吧！」

「魔法？」白澤苦笑了一聲，「都試過了。什麼忘憂草，什麼能忘記一生記憶的孟婆湯，都是騙人的。人類吃了那麼管用的東西，在我這裡，吃多少都不管用。妳知道嗎？孟婆婆現在看到我都會躲起來，因為我曾經喝了她三大鍋孟婆湯，結果什麼都沒忘掉。」

他的眼睛看著天空，山羊鬍子和背後的翅膀在微風中飄動，那樣子憂愁極了。

「那我說說我的想法。」我故意清了清嗓子，說，「我爺爺說過，世界上所有的生命都一定有存在的價值。您和您這種超能力的存在，也一定有存在的理由。」

「妳的意思我不太明白。」白澤凝視著我。

「我覺得，您擁有這麼厲害的能力，就應該承擔比其他怪獸更大的責任吧！」

「什麼責任呢？」

「您是中華民族幾千年歷史的見證者啊！對我們這個民族來說，您的回憶是很重要的。因為沒有人能活您那麼長的時間，也沒人能記錄世間所有的事情。只有您，您就是一本活字典。」我說，「也許，在某一個特別重大的時刻，您的回憶會給我們帶來非常非常大的幫助。」

「妳說的那個重大時刻會在什麼時候呢？」白澤的眼睛裡閃現出光彩。

「那我就不知道了。」我眨眨眼睛說，「連怪獸都無法預測的事情，我這個小女孩怎麼會知道？不過我相信，一定會有一個重大時刻，我們會非常需要您這些回憶。」

白澤沉默了，他「咕嘟、咕嘟」地把酒壺裡的酒喝了個精光。

「妳的想法還真是出人意料。」白澤突然用快活的口氣說，「不過我很喜歡這個解釋。我還不知道妳叫什麼名字？」

「我叫李小雨！我媽媽是故宮的……」

沒等我說完，白澤已經把話接了過去：「李小雨，我知道了。現在，妳也是我記憶中的一部分了。」

啊！我太吃驚了，我居然和那些神仙、怪獸、妖精，還有幾千年的中華文明一起，成為了白澤記憶中的一部分，這聽起來太棒了！

「說起來，妳長得很像元朝時的一位公主呢！」白澤看著我的臉說，「那位公主打獵的時候，我曾經無意中見過一面，是一位勇敢的公主。」

「真的嗎？」我大叫起來，「我姥姥就是蒙古族呢！那位公主說不定就是我的祖先。」

那之後，白澤變得放鬆起來，剛才的憂鬱彷彿一掃而光了。他告訴了我許多我從未聽說過的怪獸，還聊起了他古代時的見聞，都是很有趣的故事。

「啪……」故宮裡的街燈亮了起來，在黑暗的天空下，燈光是成熟柿子的顏色。已經這麼晚了嗎？我一下子跳了起來。

「我要回去了，待了這麼久，我媽肯定著急了。」我撿起書包，不知什麼時候，白澤已經把他的腳移開了。

「那就此告別吧！」白澤望了望身後宮殿的黑色陰影，說，「回去的路上要小心，這個時候游光最喜歡出來了。」

「游光是什麼？」

白澤笑著說：「是一種小怪獸，他有

八個頭，喜歡漂浮在半空，頭上會有微弱的火光。不過妳不用害怕，游光從來不傷人，他以前是火神，因為太喜歡惡作劇被免除了官職。他最怕的就是狻猊，所以怪獸狻猊在的時候，他很少出現。」

我小聲說：「聽起來怪嚇人的。」

「那我教妳一個方法，如果妳碰到游光，就問他『你怎麼只有七個頭了』？游光就會覺得丟臉，『呼』地一聲跑了。」

我點點頭：「謝謝您，白澤大王！過兩天我再來聽您講故事。能告訴我，您住在哪裡嗎？」

白澤指了指身後的房子：「這個月我會住在太和門西廡房。」

我向前走了兩步，太和門西廡房的旁邊正豎著一塊牌子，上面寫著「清宮鹵簿儀仗展」。我想起來了，這個白澤會不會就是清朝皇帝的出行儀仗裡白澤旗上的那個怪獸呢？

和白澤告別後，我穿過一道道宮門，在漆黑的廊道上跑了起來，風從我的耳邊吹過。

突然，離我不遠的地方出現了一個白影，我猛然剎住腳步，難道真是游光出來了？

白影發出了聲音：「李小雨？沒想到會在這裡碰到妳，喵。」

是野貓梨花的聲音，我鬆了口氣。果然，路燈下，一隻步伐矯健的白貓向我跑來，一雙眼睛中閃著不一樣的顏色。

「妳怎麼在這兒？」這個時候梨花應該在食堂等著剩飯才對。

梨花舔舔嘴唇，說：「我剛才去西三所那邊吃貓罐頭了。這個時候其他的傻貓都在食堂，沒人和我搶。妳怎麼會在這兒呢？喵。」

「我剛從太和門那邊過來，碰到了白澤大王，一不留神天就黑了。」我回答。

「怪不得。」梨花一點也不意外地說，「他可是怪獸中的故事大王。他講起故事來，幾天幾夜都講不完的。喵。」

「故事大王？」

「可不是，」梨花笑嘻嘻地說，「就是因為這個原因，大家才都叫他『白澤大王』啊！」

原來是這樣啊！我一下子明白了。

告別梨花後，一直到媽媽辦公室，我都沒有碰到白澤說的小怪獸游光，這讓我有些失望。其實，我還挺想看看游光的樣子，很想在他面前大叫一聲：「游光，你怎麼只有七個頭？」然後，看著他「呼」的一聲消失掉。那多有意思啊！

# 貳 美人「龍」

故宮旁邊新開了家古籍書店，有線裝版的《神異經》、《稽神錄》、《幽明錄》，也有十五本全套的《欽藏英皇全景大典》、《多雷插圖本聖經》、《黃面志》，還有來自十五世紀的希伯來文羊皮卷經書……

我捧著一本書，站在低矮的書架前，神經緊張。因為這家書店的老闆正站在我身後，眼睛從肩頭上方瞄著我翻閱的書頁。他看起來和我爺爺的年紀差不多大，鼻樑上架著一副眼鏡，喜歡伸出他那骨節突出、髒兮兮的手指在你看的書頁上指指點點。聽說，他一輩子都在收藏古書籍，想開個書店卻一直沒有錢。後來，他用了在網路上眾籌的方式，沒想到真有三百多個網友湊錢給他開了這家書店。他每天都待在這裡，一邊小心翼翼地看著他的寶貝書們，一邊找機會和客人聊天，回憶他年輕時經歷的事情，是個特別絮叨的老人家。

書店又來了客人，老闆趕緊去迎接這位新來的顧客，我才鬆了口氣，趕緊向書店的後堂走去，希望老闆不要再來打攪我。

我專找書堆得最多的地方鑽，繞過一大摞精裝版的四大名著和一排古代法術研究的書架後，我終於在一個有點陰暗的角落裡找到了棲身之地。

這裡擺著三排書架，以奇怪的角度擺成了三角形，只在一角留下了一個小小的缺口。我從那個缺口擠了進來。這家書店從外面看不出來有這麼大，大街上只能看到一個低矮的門簾，和巷子裡的那些半間屋子的小販賣部沒什麼不同，沒想到裡面可以裝下這麼多的書架和書，真是「店」不可貌相。

我選了一個書架，慢慢看著書脊上的名字。因為校慶，同學們要排練節目，今天下午學校放半天假。我沒有參加任何節目，所以有大把的時間可以在這裡挑書、看書。

不知道是不是總待在故宮裡的原因，我特別喜歡那些書頁泛黃、發霉、卷

角的古書籍。當然，我只喜歡一些特定的書，它們常常記錄了很多我從沒聽說過的怪獸、鬼怪和神仙的故事，那些故事多數都發生在幾百年前。

我不慌不忙地翻著題目看起來有趣的書。就這樣翻了幾本後，一本書的名字吸引了我。我輕輕從書架上把那本書取下來。

這只是一本淡黃色封面的線裝書，很薄，年代久遠。書頁已

經泛黃，開始褪色，誰也別想知道之前它是什麼樣子的。雖然保存得很小心，但是書角已經磨損了，封面上的書名也有點模糊，我費了點力氣才認出那上面寫的是「怪獸金吾典匯」。就算我讀的書還不夠多，我也知道這本書應該是類似字典的東西。

一個叫金吾的怪獸的字典藉？我微微一笑，正是我喜歡的書。不過，金吾是什麼怪獸呢？

「那麼，好吧！」我自言自語地說，「讓我來看一看。」我打開書，開始翻閱目錄。

目錄是這樣的：

第一卷　海中之獸

第二卷　金吾的逆鱗
第三卷　金吾之趣事

看來這不是一本尋常的書。我往後翻了兩頁，看到了下面一段話：

「金吾，其形似美人，首魚尾有兩翼，其性通靈不睡……」

我合上了書。看書的名字我還以為這是明朝時民間喜歡的那種神話書呢！

但現在看來，我的猜測是錯誤的，這本書很有可能是民國時期，甚至近代寫的，因為書中沒有那種喜歡拐彎抹角的文言文，而是描述得很直接，也很容易看懂的白話文。

「找到喜歡的書了嗎？」

一個沙啞的聲音在我身後響起，我嚇得倒吸了一口冷氣。不知道什麼時候，書店老闆已經神不知鬼不覺地走到我的身後。

「我……我喜歡這本。」我把手中的書遞給他。

他高興地接過來，一邊擦著書上的灰塵一邊說：「妳還挺有眼光，這可是一本很少見的書。」

「是嗎？」

「金吾是很少見的怪獸，就算在古書中也很少出現。」他撫摸著手裡的書，似乎在思考什麼。

「可是……我不知道自己帶的錢夠不夠……」我知道古書籍的價格都貴得出奇，這家書店有一本清朝時期的古書，標價是一萬多塊錢，我可沒有那麼多錢。

書店老闆盯著我的眼睛看了一會兒，突然笑了。

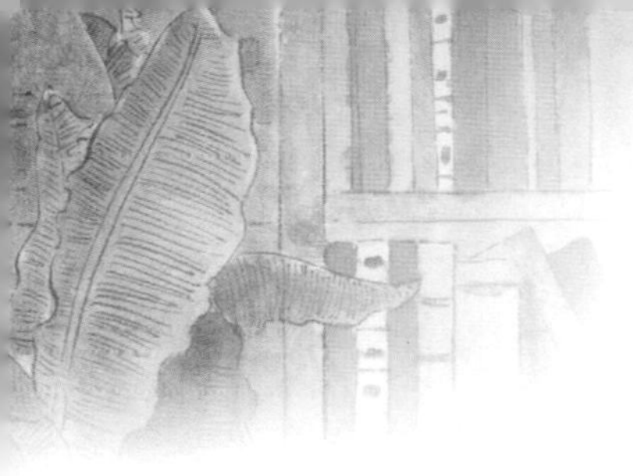



「小姑娘，妳不但很有眼光，也很幸運。」他頓了頓，說，「這本書損壞得太嚴重，我正打算把它便宜賣掉。只要五塊錢，它就是妳的了。」

「真的？」我睜大眼睛，不相信這麼好的事情居然落到了我頭上。

「當然是真的，我可不是會欺騙小孩的人。」書店老闆點著頭說，「要幫妳裝個袋子嗎？」

當我捧著這本書走出書店的時候，我還是有點不敢相信。這是我擁有的第一本古書，我居然買到了一本古書，只要五塊錢！

我小心翼翼地把它放進書包裡，一路小跑回到了媽媽的辦公室。媽媽這會兒在倉庫，不會回來，我把門關得緊緊的，上了鎖。可不是每個人都能買到一本像《怪獸並吾典匯》這樣的書。

媽媽的電腦就放在桌子上，沒來得及關。要是平時我一定會逮住機會看動畫影片，但是今天，我都沒有停下來看它一眼。我一股腦兒地把沙發上的東西搬到了小床上，然後一屁股坐了下來，開始閱讀《怪獸金吾典匯》。

金吾這種神獸真的很有意思，如果沒有看過這本書，你肯定想像不到世界上會有這種怪獸存在：身為怪獸，卻是食草動物。他脖子下面長著特殊的「逆鱗」，觸摸那些「逆鱗」是激怒她的最快方式。他是守護型神獸，幾千年來從來沒睡過覺，會忠實地在守護的地方不停地巡查。書裡還說他「不生不死」，這是什麼意思呢？我不太明白。

最有意思的是，在書的結尾居然還介紹了怎樣見到怪獸金吾的說明，這些說明簡直就像是咒語，奇怪得很。對於看不懂的東西，我沒什麼耐心看下去。

我合上書的時候，窗外的天空已經升起一輪明月。

太有意思了！這樣專門寫一種怪獸的古書我還是第一次碰到。

「金吾，其形似美人，首魚尾有兩翼，其性通靈不睡……」

用美人來形容一個怪獸，這也太奇怪了！從這個描述，金吾很像傳說中的美人魚，不過是多了一對翅膀。我更加好奇了，這個大怪獸到底長什麼樣子呢？

於是，我又打開了書，一下子翻到書尾，開始仔細閱讀「怎樣見到怪獸金吾」的說明。那些咒語雖然看不懂，但是上面的字我卻全認識。我一邊小聲唸著咒語，一邊覺得自己這樣做挺傻的，想見一個傳說中的怪獸怎麼可能這麼簡單？尤其是像金吾這樣很稀有的怪獸。

唸完咒語，我開始不安地在狹小的房間裡走來走去。我其實應該先去問問楊永樂再唸這些咒語，他不是說自己是薩滿巫師嗎？那他應該能告訴我這些咒語是否安全。

「哎呀，哎呀，哎呀！」我有點後悔，萬一這是個陷阱……還沒想完，我發現自己已經出現在另一個空間裡。

沒錯，我沒暈，很清醒，眼睜睜看著自己到了另一個地方，連怎麼來的都不知道。什麼時間隧道、任意門之類的東西看都沒看見。我只是晃了那麼幾下，不超過兩秒鐘，就發現自己站的地方不再是媽媽的辦公室，而是一個不算大的古代房子裡。

房間裡沒有燈，但窗外的路燈透過玻璃照了進來，那燈和故宮裡的路燈沒什麼兩樣。我鬆了口氣，有電燈和玻璃，這說明我沒像電視劇裡那樣，穿越到古代。這是一間擁有著紅色立柱的房間，應該被剛剛翻修過，還散發著油漆味。到底是哪兒呢？我爬到窗戶邊往外看。

咦？眼前的宮殿不正是故宮裡的太和殿嗎？難道，我不但沒有穿越，連故

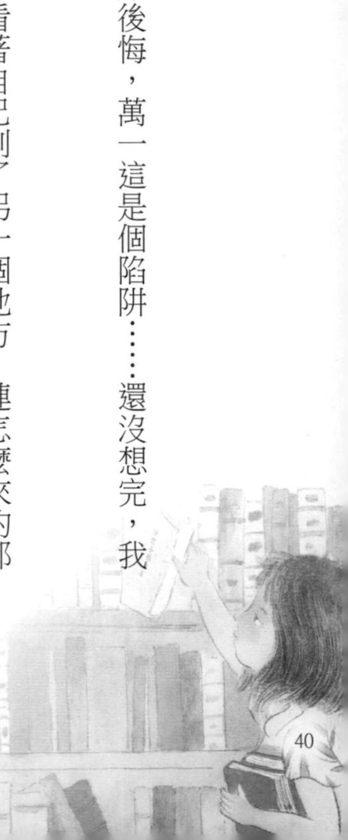

宮也沒出？知道在自己熟悉的地方，我安心了許多。我稍微辨別了一下方向，大致能確定自己應該在太和門的西廊廡中的一間屋子裡。

就在我準備推門出去的時候，身後突然有點動靜，我猛然轉過身，一個怪獸出現在我眼前。難道，這就是書中的金吾？我緊緊盯著眼前的怪獸。

美人魚……我居然會這樣想像他的樣子，簡直太可笑了！不錯，他是擁有美人魚一樣的魚尾，但他明明長了一個奇大無比的龍頭。如果非要把他和美人魚扯上關係，那也只能叫美人「龍」。

他還有一對肉肉的翅膀，和蝙蝠的翅膀有點類似。

「金吾，其形似美人……」這位《怪獸金吾典匯》的作者到底有沒有見過真正的金吾呢？我怎麼也看不出眼前這個怪獸哪裡像美人。

金吾也看見了我。

「妳是誰？」他問我。

「我是李小雨。」

「李小雨是誰？」

「就是我啊……」我撓撓頭。

金吾停頓了一下，想了想，又問：「妳怎麼來到這兒的？」

「我也不太清楚。」我實話實說，「就是看了那本《怪獸金吾典匯》以後……」

「又是那本書！」他似乎生氣了，鼻子裡喘著粗氣。

「你知道那本書？」我有點意外。

「是的，因為妳不是第一個被那本書送來的人。這一百年來有兩三次，我被突然出現在自己面前的人類嚇一大跳。」金吾嘆了口氣說，「早知道這樣，

當年就該一口吞下那個巫師。」

「巫師？」

「就是寫這本書的人，他是個宮廷裡的薩滿巫師，不知道為什麼，偏偏喜歡找我的麻煩，還寫了這麼一本惹人厭煩的書！」他臉上露出厭惡的神色。

「以前那些被送來見你的人，他們後來都怎麼樣了？」我有個不好的預感。

「他們都成了啞巴。」金吾說，「我很討厭人類看到我的樣子後到處亂說。」

我嚇得摀住了嘴巴，怪不得書店老闆說，很少有人知道金吾的樣子。原來看到他樣子的人都變成了啞巴。

「那……我……我……不要！不要！」

我渾身發抖地向後退，我可不要變成啞巴！

「抱歉，沒人能例外。」金吾盯著我的眼睛說，「想到妳年紀那麼小就要變成啞巴，我也覺得很可惜。」

他張開背後的翅膀，慢慢向我靠近。

「不！不！」我絕望地尖叫。眼看著他飛到我面前了，我嚇得閉上了眼睛。

就在這時，一陣風颳過，什麼東西擋到了我前面。

「金吾，夠了，你把這孩子嚇壞了。」

這聲音有點耳熟，好像不久前我曾經聽到過。

我小心地睜開眼睛，一個渾身雪白的怪獸正擋在我和金吾中間。啊！是白澤！

「白澤？」金吾也很意外。

「怎麼幾千年來你一點變化都沒有，就知道打打殺殺。虧你還是守護神獸，遇到事情難道不該先動腦子嗎？」白澤嘆了口氣說，「你把看到你的人都變成了啞巴，不是照樣有人把你的樣貌寫了下來，畫了下來，他們還把你的樣子做成武器、旗幟甚至盔甲，流傳了上千年。」

金吾收起翅膀，輕輕落到地上，沒有說話。

白澤接著說：「如果你真不希望人類看到你，把那本書毀掉不就行了？傷害比自己弱小的人類，這不是我們怪獸應該做的事情。」

「既然白澤出面，我可以饒了這個女孩，但她必須答應我兩件事。」金吾頓了頓，似乎在思考什麼，然後說，「第一件事，她不可以和任何人類提起我的相貌。第二件，是她必須燒掉那本《怪獸金吾匯典》。」

我使勁地點著頭，只要不變成啞巴，他叫我做什麼我都願意。

「太晚了，妳趕緊離開這裡吧！小雨。」白澤向我使了個眼色。

我逃命般地跑回媽媽的辦公室，直到把門鎖緊，我的腿還哆嗦個不停。真是太驚險了！我差一點被金吾變成了啞巴。

那本《怪獸金吾匯典》不知什麼時候掉到了地上。我在抽屜裡找出打火機，把書拿到院子裡燒掉了。雖然心裡覺得可惜，但這麼危險的書還是不要再被人發現的好，畢竟誰也不想因為自己的好奇心而被變成啞巴。

# 叁 得罪怪鳥的後果

起風了，但沒什麼人注意到。

這段時間，楊永樂每天放學都在改造他舅舅的電動三輪車，今天終於完成了。他得意地騎著自己的作品來找我：「怎麼樣？要不要兜兜風？」

我被嚇了一跳：他居然在這輛三輪車上加了個鐵罩子，讓它看起來像一輛迷你小汽車。

「你舅舅會殺了你。」我一邊看一邊搖頭。

「放心，我已經說服他了。」他不在乎地說，「我告訴他，有了這個保護罩，哪怕颳大風、下大雨他也可以照常騎車出門。」

「你弄了一個多月，就是為了給它加個避風雨的功能？這太無聊了。」

「比妳上那些亂七八糟的補習班、才藝課有趣。」他反駁，「至少很實用。」

這時候，野貓梨花不知道從哪兒竄了出來。

「這是什麼怪物？喵。」她圍著變樣的三輪車轉了一圈。

「我的新作品，電動三輪汽車。」

「哦，它看起來不太結實。喵。」梨花用爪子推了推新裝上的鐵罩。

楊永泰冷笑一聲，「哼！不結實？它比妳想像的結實一百倍。要是裝上個火箭發射器，飛上太空也沒問題。我打算給它取個名字，就叫太空艙，怎麼樣？」

「太空艙？我覺得它更像雞蛋殼。喵。」

梨花一轉頭，邁著她的貓步準備離開。

「妳不是來找我的？」我追在她後面問。

「不，我只是為了抄近路。」她回答，「聽說，鳶鳥出現在延春閣，我要去看看。喵。」

「延春閣？我昨天剛在太和門西側廊廡的『清宮鹵薄儀仗展』看到繡著鳴鳶的旗幟，他怎麼會跑到延春閣去了？」楊永樂問。

「因為他是鳥啊！長著翅膀，自己會飛。喵。」梨花像看傻子一樣地看著他。

「我們和妳一起去。」楊永樂鎖上他的三輪車。

「一起去可以，但你們不要亂說話，鳶鳥是脾氣很大的鳥。喵。」

「知道了！知道了。」我嘴裡胡亂答應著。

我們橫穿過整個西三所。遊客們剛剛散去不久，故宮裡空曠而安靜。

來到延春閣的院子時，風吹著古槐樹的樹梢，樹上的槐莢被吹落了滿地。

一隻表情很兇的鳥站在樹枝上，遙望著遠方。他體型不算大，也就比烏鴉大一圈，黑褐色的羽毛，彎曲的尖嘴，脖子上有簇白色的羽毛。

「果然，鳶鳥就是老鷹啊！」楊永樂微微一笑，說，「看到旌旗上的畫像時，我還不敢確認，現在總算親眼看到了。」

「可是鳶鳥在古代不是神鳥嗎？」我問。

「的確有這樣的傳說。」他回答，「但我實在看不出他和一般的老鷹有什麼不同。」

我們走到槐樹前，鳶鳥低下頭。楊永樂說得沒錯，他真的和老鷹非常非常像。

「嗨，鳶鳥，好久不見。喵。」梨花柔聲柔氣地說，「今天的風也是你帶來的吧？」

鳶鳥沒有回答梨花的問題，而是盯著我和楊永樂問：「這兩個孩子我好像沒見過？」

「他們是我的朋友，都是故宮裡工作人員的孩子。喵。」梨花趕緊解釋，

「她是李小雨，她旁邊的是楊永樂。」

「很高興見到你，老鷹。」可能是一直想著老鷹的事情，我順口就說了出來。

梨花狠狠地用爪子踩了一下我的腳。

我趕緊改口，「不，我是想說，鳶鳥。」

沒想到，楊永樂卻接著說：「鳶鳥不就是老鷹嗎？你們沒有什麼不同，對嗎？」

鳶鳥眼睛裡閃著怕人的光芒，「沒禮貌的孩子，你想看看我和老鷹有什麼不同嗎？」

說著，他突然仰頭高聲鳴叫，幾乎同時，一陣大風捲著樹葉吹來，連延春閣屋頂的琉璃瓦都發出了「嘩嘩」的響聲。

「看到了吧？這就是我們的不同。」鳶鳥高傲地揚起頭。

「你是說，剛剛那陣風是你的法術？」我有點不相信。

楊永樂也搖著頭說：「應該只是巧合，老鷹不可能具備那種能力。」

「你們不相信我也沒辦法。」鳶鳥冷笑著說，「不過，我警告你們，今天我很生氣，所以晚上你們最好不要出門。」

說完，他張開翅膀「呼啦」一下飛走了。

「看，他飛行的樣子也和老鷹一樣。」楊永樂確定地說。

我點點頭。

沒想到，梨花卻尖叫起來：「說好了不要亂說話，你們還亂說！一會兒你們就知道惹怒鳶鳥的後果了。喵。」

說完，她慌慌張張地朝珍寶館跑去。

「妳那麼著急去幹什麼？」我追著她問。

「沒聽到鳶鳥的警告嗎？晚上不要出門！」她邊跑邊說，「你們也快回家吧！喵。」

哼！這隻膽小的野貓，難道怕老鷹吃了她？

我和楊永樂都沒有把鳶鳥的話當回事，慢悠悠地走回到媽媽的辦公室。風有點大了，在故宮的高牆間發出「呼呼」的聲音。

「小雨，妳回來得正好。」一進屋，媽媽就對我說，「我需要妳幫個忙。風有點大，我們正在做建築防護。今天加班的人不多，人手不夠，妳能不能幫我去北池子那邊的建材商店買一些固定材料？東西不多，妳可以騎我的自行車

去。」

「沒問題！」能幫上媽媽的忙，我挺高興。

媽媽把要買的東西寫在紙條上，把錢和自行車鑰匙交給我，就急匆匆地離開了。

「妳幹嘛不騎我的電動車出去？」楊永樂說，「風那麼大，騎自行車多費力。我的『太空艙』又省力又防風，多好！」

「算了吧！你改造的東西我不放心。萬一半路壞了怎麼辦，你把它弄成這個樣子，我推都推不動。」

「我的作品怎麼可能壞？」他不高興地說，「妳要是真的不放心，帶上對講機不就行了？要是壞了，妳就叫我過去推。這總行了吧？」

看到他那麼有誠意，我接過他手裡的鑰匙。電動車怎麼也比自行車快得多，我也想早點回來吃晚飯。

我們走到流線型的、閃閃發光的「太空艙」前。鐵罩看起來還算結實，楊永樂應該花了不少力氣。

我坐了進去，戴上摩托車專用的安全帽，把對講機放到手機架上，發動了引擎。

我開著「太空艙」穿過院門，感覺像是在開電動玩具車。沿著故宮的紅牆，「太空艙」快速移動著，雖然我沒怎麼加速，但它仍然比騎自行車快多了。

風似乎又大了一點，尤其是夾道這樣的地方，兩側的牆都很高，氣流只能往一個方向移動，風就比別的地方更猛烈一些。

我穩穩地前進，不時有被風捲起的小石子和樹枝砸到車殼上，發出「啪、啪」的響聲。

「情況怎麼樣?」對講機裡傳出楊永樂的聲音。

「挺好,你的『太空艙』很不錯。」我微笑著說。

我看見幾隻野貓飛快地鑽進了旁邊的院子。天空中,一隻鳥都沒有,就連最喜歡在傍晚出來遛彎的蝙蝠,都不知道躲到哪兒去了。

電動車就是快!不一會兒我就到了建材商店。

「哇,這麼大的風,妳一個小姑娘不怕被風吹跑了?」商店裡的光頭老闆和我開玩笑。

「沒事的,我有神器。」我指指門口停的「太空艙」。

「喲!電動三輪車怎麼變成這樣了?」光頭老闆大吃一驚,好心地說,「丫頭,妳這麼大騎電動車是違犯交通規則的,何況還是改裝過的電動車。趕緊拿了東西回去吧!幸好路不遠。以後別再開出來了。」

他三兩下把我買的東西裝進袋子。

「快回去吧！路上小心點，變天了，這風颳得有點邪門。」

我回到「太空艙」裡，老闆說得沒錯，風更大了。車在狂風中搖擺起來。

「喂，喂，李小雨！李小雨？」楊永樂正用對講機呼叫。

「我在呢！怎麼了？」

「妳要不要等風小點後再回來？」他問。

「怎麼？你對你的『太空艙』沒信心？」

「當然不是，我只是覺得風太大了，怕你看不清路。」

「沒事的，這時候路上人少。等風停了，員警出來把我抓起來怎麼辦？我剛聽說，咱們這麼大年齡是不准開電動三輪車的。還是趁人少的時候我趕緊回去吧！」我回答。

我調轉車頭，迎風而上，加了半天的速，「太空艙」卻像蝸牛一樣慢地在風中移動著，來時候的神氣勁一點都沒了。

透過前窗，我看到大風捲著塵土滾滾而來。這是一場真正的沙塵暴，沙塵裡的沙子像下雨一樣，打在車罩上劈啪作響。

我感到「太空艙」的發動機顫抖了一下。這時，它剛剛挪進故宮的東華門。

「千萬別熄火！千萬別熄火！再堅持一下『太空艙』！」我嘴裡嘟囔著。

這時候，我聽到身後有一個「轟隆隆」的聲音。我轉過頭，發現不遠的地方，一個足足有一公尺高的垃圾桶被狂風吹著，直直地對著我撞過來。

我趕緊扭轉車把，可是，「太空艙」的動作簡直像是電影裡的慢動作。

「快躲開！快躲開！」我大叫出聲。

於是，車子用慢得不得了的速度與大垃圾筒擦肩而過。「轟隆隆」地響著，

那個垃圾桶滑到我的前方去了。

剛才……太近了。我嚇出了一身冷汗。我有點後悔沒聽楊永樂的勸告，等風小點再回去。

我重新扶正車把，再次把「太空艙」開進風裡。進入故宮，風更大了，高大的牆壁，狹窄的通道，讓狂風發出野獸般「嗚嗚」的吼聲。

楊永樂的聲音從對講機裡響起了：「妳怎麼樣？怎麼還沒到？」

「很好，別說話，我忙著呢！」

「太空艙」速度還不如平時我走路快。但這並不是最糟糕的，最糟糕的是，在我開進故宮沒多久，我就聽見鐵皮焊接的部分發出了「嘎啦」一聲。

「楊永樂，你用什麼固定鐵罩子的？」我用對講機問。

「螺絲和焊接，怎麼了？」

「我想至少有一個螺絲鬆了。」我回答，因為鐵罩子已經在我頭上神經質地顫抖起來。

「妳到哪兒了？」楊永樂的聲音緊張起來。

「剛過文淵閣。」我回答。

「我去幫妳！」

「不要！你現在出來大概就會被風吹走了。說真的，我從小到大還沒看見北京颳過這麼大的風。」我阻止他說，「我走一步算一步吧！出了問題再說。」

在這樣的風速下開車，就像是在海洋中行船，我走了至少半小時，車子上的鐵罩越晃越厲害，但它承受住了考驗，沒有掉下來。終於，我能看到媽媽辦公室的院子了。

「我快到了！」我對著對講機大叫。

幾乎同時，鐵罩裂開一個巨大的缺口，風沙從那個缺口裡吹進來，車裡立刻被黃色沙塵籠罩。

我停住車，熄火。一是因為我看不清路了，另一個原因是，我感覺到，如果我再這麼頂風前進，「太空艙」的鐵罩子就要被風吹飛了。

沒有車子發動機的聲音，我聽到尖銳的風聲，那聲音有點耳熟。對了，就像我剛剛聽過的鳶鳥的鳴叫。難道，這風真的是那隻怪鳥呼喚來的？

「怎麼還沒到？妳在哪兒？」楊永樂的聲音又從對講機裡冒了出來。

「離你不遠，但是我停車了。告訴你一個壞消息，『太空艙』肯定飛不上太空，它現在就快散了。」我回答。

「妳打算怎麼辦？」他的聲音有點沉重。

「等風小一點……天啊！穩住！」我突然發現，媽媽的辦公室彷彿正在飄走，離我越來越遠。我使勁擦了擦眼睛，心想自己是不是瘋了。然後我意識到，不是那些建築在飄走，是我和「太空艙」正在被風推著，離院子越來越遠。

驚慌中，我重新啟動「太空艙」，不前進，就後退，老師平時說的都是對的。發動機聲中，「太空艙」又開始緩慢前進，沒走幾步，它的一片鐵皮被風吹了下來，大量的沙塵湧了進來，打在我的頭盔上。我很慶幸地想，要是沒戴安全帽，這會兒我大概就已經瞎了。

只能快點回去！沒有別的辦法。

我把「太空艙」的馬力開到最大，握緊車把。在狂風的吼叫中，「太空艙」

開始加速，雖然它的速度仍沒有走路快，但至少它在接近院子的大門。

又一塊鐵皮被吹飛了，我覺得我再不衝進屋子裡的話，下一個被吹飛的就應該是我了。我在狂沙之中堅持著，突然感覺風小了一點，趁這個機會，我駕駛著「太空艙」衝進院子，連滾帶爬地闖進了媽媽的辦公室。

安全了！我躺在地板上，喘著粗氣。我居然還活著，這簡直是奇蹟！

楊永樂不知什麼時候進來了，蹲在我旁邊，「怎麼樣？」

「我撐過來了，但『太空艙』散了。」

「我剛才看到了。」他說，「還好只是罩子上的鐵皮飛了，其他的沒事，否則我舅舅饒不了我。」

「是啊！白花了你這一個多月的時間了。」我微微一笑。

「只要妳沒受傷就好。」

「怎麼會颳這麼大的風？氣象臺完全沒有預警。」我坐起來。

他站起來，走到書桌前拿起一本書遞給我，「妳離開的這段時間，我看到了這個。」

「什麼？」

我接過書看看封面，上面寫著「孔穎達疏」。

「看折頁。」他翻到折角的一頁。

我湊過去，看到有一句話被原子筆重重地畫上了橫線，那上面寫著：「鳶，今時鴟也，鴟鳴則風生，風生則塵埃起。」

「所以……」我抬頭看著楊永樂。

「所以，這場大風，應該是我們得罪那隻怪鳥的後果。」他說。

肆

# 拯救仙界

那天晚上，我做了一個挺奇怪的夢。

我夢到一位穿著黃色古代長衫，留著長長的白鬍子，有些禿頭的老人站在我面前，對我說：「對不起，打擾了妳的美夢，但是我有一件十分要緊的事情，希望能得到妳的幫助。」

一位老爺爺這樣客氣地請我幫忙，讓我很不好意思。我趕緊說：「您不用客氣，雖然我只有十一歲，但如果有我能幫上忙的，您告訴我就可以了。」

「雖然有點難為妳，但現在我好像只能進入妳的夢境，所以也沒有其他辦法了。」老人嘆了口氣說，「如果妳再做不到，那我們這個世界可能就要毀滅了。」

「毀滅？」我嚇了一跳，心裡不禁開始忐忑不安，拯救世界這種事，我真的可以嗎？我有點後悔那麼輕率就答應了老人。

於是，我小心翼翼地問：「請問，到底是什麼事情呢？」

老人告訴我，從上古時代起，他和他的朋友們就居住在一個叫蓬萊仙島的地方。那是一座大海中的小島，島上有一座高山，周圍環繞著七彩的祥雲。山中還有竹林與能結出壽桃的桃樹。他的家就蓋在山頂上，仙鶴們喜歡在他家附近飛翔。他的朋友來他家做客後，很多就不願意再離開，留在小島上長年居住。他們談論古今發生的事情，喝酒作詩，偶爾會管管人間的閒事，非常有趣。

「等等。」雖然知道這樣做很不禮貌，但我還是忍不住打斷了他的話，「您說的蓬萊仙島不是傳說裡神仙們住的地方嗎？」

「是的。」

「難道您是仙人？」

「正是。」老人點點頭。

我有些不敢相信地問：「那您剛才說叫我幫忙，難道是說叫我幫神仙們的忙嗎？」

「妳說得對，小姑娘。」老仙人回答。

我吞了一口口水，連神仙都解決不了的事情，我能做得到？這不是開玩笑吧？

「您能不能告訴我，到底出了什麼事？」

老仙人深深嘆了一口氣，開始講了起來。

他告訴我，就在昨天晚上，蓬萊仙島突然倒了。整座山直直地倒了下來，還好山體並沒有什麼大的損壞。而幾乎同時，海水也改變了方向。海水的海平面不再平行於地面，而是豎立起來，成為和地面垂直的角度。更讓人吃驚的是，即便海平面變成了這樣的角度，海水居然沒有倒灌。所以，蓬萊仙島上的建築和植物都還沒有被淹沒。

「您是說，海水立了起來?像面牆一樣，豎在地面上?」我睜大了眼睛，即便在科學這麼發達的今天，這件事仍然很難想像。

「差不多就是這個意思。」他回答。

「這不可能!」我尖叫起來，「這不符合地球引力。」

「在我們的世界，倒也沒有什麼不可能的。」老仙人冷靜地說，「但這種情況，以前從來沒發生過。」

「這是怎麼發生的?」我實在無法理解。

老仙人說，這一切都是眨眼間發生的事情。昨天晚上，他和他的兩位神仙朋友正在討論自己的年齡。其中一位朋友說，他不記得自己到底多少歲了，只記得小時候認識開創天地的神仙盤古。接著，另一位朋友說，他也不記得自己

多大了，只知道從小他就住在海邊，每當看到茫茫大海變成農田，他就往屋子裡扔一個竹籌，現在竹籌已經堆滿十間屋子了。老仙人聽了，覺得有趣，於是說，自己也不記得是什麼時候出生的了，只知道每九千年去吃一次蟠桃會上的蟠桃，他就把桃核扔到崑崙山下，現在桃核已經堆得和崑崙山一樣高了。他們的故事還沒說完，天空中就傳來了巨大的響聲。緊接著天昏地暗，蓬萊仙山倒了下來，山上的仙人、仙童們一下子亂成一團。等到大家鎮定下來後，才發現，原本在腳下的大海，已經豎在倒掉的山旁邊。

「有仙人受傷嗎？」我擔心地問，這聽起來真的是巨大的災難。

「還算幸運，都只是一些輕微的擦傷。」老仙人說。

「你也是仙人，知道這是什麼原因嗎？」

老仙人搖搖頭說：「所有在蓬萊仙島居住的仙人都聚在一起開會，但沒能找出原因。這樣的災難在之前從來沒發生過，它完全不同於地震。就連七千年前那場淹沒人間的大水，也比這更好解釋。」

「後來呢？」我問。

老仙人告訴我，災難過後，仙人們試圖想辦法來恢復原來的世界。他們本來都是擁有法術和本領的仙人，原以為自己一定能夠解決面臨的問題。於是，大家各自使出了自己的看家本領。連仙界地位極高的東華上仙都使出了法寶，但情況並沒有改變。

於是，仙人們開始考慮接受事實，打算在倒塌的蓬萊仙島上重新建起樓閣，畢竟仙山並沒有任何損壞。可是，豎起來的大海就像一面鏡子，豎立在他們身邊，海水像是隨時會沖過來似的，這讓大家都覺得不安。

「這件事發生得太突然，哪怕是神仙也不知道那豎立著的大海後面還藏著

什麼危險。」老仙人說，「雖然它現在看起來就像以前一樣的平靜，海浪的形狀也沒有改變，但是，既然它會豎起來，就有可能隨時會倒下去，那時候蓬萊仙島一定會被海水砸個粉碎。」

我點點頭，非常同意他的說法，住在豎立著的大海旁邊，誰能安心呢？

「但是，請原諒。」我說，「聽到仙人們遇到了這麼大的麻煩，我很難過。不過我只是個五年級的小學生，一點法術都不會，很多大人都覺得我還是個小孩。我覺得這件事，我沒有能力，也沒辦法幫助你們啊！」

「我正要說這點。」老仙人把他的枴杖放到了身後，說，「我自己也想了很多辦法，試圖讓蓬萊仙島恢復原貌，結果妳也知道，連東華上仙都完成不了的事情，我當然也無能為力。但是，作為一種愛好，我經常會觀察人間的情況。我很喜歡到人間巡遊，但是近些年人類科技發展以後，神仙下凡就變得不再那麼安全，飛機、衛星、火箭……這些東西的速度太快，隨時可能撞到乘著雲彩下凡的我們。所以，我用了一種新方法，就是到人類的夢境中去，從夢中瞭解人類生活的變化。」

「這個方法我知道。」我激動地說，「我聽說，很多人類科學家也在研究夢境，來做精神和其他方面的治療。我看過好多電影也是講這個的。」

「那麼看來妳能理解我怎麼會來到妳的夢境裡了，那就好辦多了。所以等會兒妳清醒後，千萬不要把我對妳說的話，當作一般的夢來忘記。」老仙人囑咐我說。

「明白，我不會只把它當作夢的，也不會忘記。」我向他保證。

「這我就放心了。」老仙人接著說，「很長一段時間，我都是透過人類夢境來瞭解蓬萊仙島以外的世界。雖然我從來沒離開過那裡，但你們的世界是什

麼樣子，我都知道。所以，當這次災難發生後，我也嘗試去人類的夢裡尋求解決方法。」

「您找到方法了嗎？」我問。

「沒有，不過我猜到一些。」他說，「這次災難應該是我們世界之外的力量導致的。」

我有點疑惑：「您是說外星人？」

「不，我指的不是外星生物。」老仙人猶猶豫豫地說，「我從一個負責修護故宮文物的人的夢裡知道，我們這個世界非常特殊。」

「您能不能說清楚一點？」我更糊塗了。

「這很難解釋，而且你們那裡的天好像快亮了，我需要把握時間告訴妳，一會兒等妳醒來要做些什麼。」

「好吧……如果我能做到的話？」

「我想妳應該能做到。」雖然嘴裡這麼說，但老仙人卻一副沒什麼把握的表情。「妳睡醒以後，要想辦法進到壽康宮。」

「故宮的壽康宮？」

「是的。妳有辦法進去吧？」

我點點頭，說：「我聽說那裡正在整修，還沒對外開放，不過我會有辦法。」

「很好！」老仙人說，「進去後，妳要先找到乾隆皇帝的母親鈕鈷祿氏的寶座。寶座後面有一個屏風，妳知道屏風是什麼吧？」

「當然！」

「太好了。記住那個屏風叫『海屋添籌寶座屏風』，妳千萬別弄錯了，是

用緙絲工藝製作的。」他強調。

「記住了。但我找到『海屋添籌寶座屏風』後要做什麼呢？」我問。

「把它扶正。」老仙人說。

「扶正？您的意思是，它是歪的？」

「它是躺著的，妳要把它扶起來。」他強調。

「明白了！然後呢？」

「就這樣。」他說，「找到『海屋添籌寶座屏風』，然後把它扶正，就這麼簡單。」

「這樣就能拯救你們神仙的世界？」我有點不敢相信。

「是的。」老仙人肯定地說，「妳能做到，對吧？」

「這並不難。」

「太好了，如果妳拯救了我們的蓬萊仙島，我會感謝妳的。」

這時，老仙人消失了，我也夢醒了。

天亮後，我立刻出發向壽康宮跑去，連身上的睡衣都沒來得及換。繞過慈寧宮就是壽康宮，可能最近要舉辦展覽的原因，這裡經常有工作人員出入，所以壽康宮的大門並沒有上鎖。我很順利就進入了宮殿。

時間還早，工作人員都還沒來上班。宮殿裡空蕩蕩的，除了一些家具，什麼展品都沒有。不過，如果有展品的話，門就不會不上鎖了。聽說，這裡是乾隆皇帝為自己的母親孝聖憲皇后修建的宮殿，這位太后在這裡一住就是四十二年。

我沒有花什麼力氣就找到了「海屋添籌寶座屏風」。這是一個小屏風，還沒有我高，和老仙人說的一樣，它橫躺在地上，應該是有人修復時放倒的。

我繞過寶座，嘗試了好幾次，盡了自己最大的力氣才把它扶起來。從外表看，真沒想到它有那麼重！

扶正屏風後，我一邊喘著粗氣一邊仔細打量著眼前的屏風，心裡卻仍然在納悶，自己這麼做到底幫到神仙們什麼忙了？

這時，我的眼睛突然被屏風上的圖案吸引住了。這不就是蓬萊仙島嗎？翠石鋪成的海面，象牙鑲嵌的樓閣房舍，以翠鳥羽毛貼嵌的山石、樹木。而老仙人正在半空的仙亭中對著我微笑。

原來是這樣啊！我明白了。

那個仙人的世界就在這張屏風裡，因為有人放倒了屏風，他們的世界也隨之顛倒，平行地面的海水豎立了起來，仙山卻倒了下去。而在我扶正屏風的那一刻，一切都復原了。所以我，真的拯救了仙界！

伍
屋裡來了八匹馬

之前聽到什麼聲音嗎？我不太確定。

事情實在發生得太突然，我是好一會兒才回想起事情的經過：我在媽媽的辦公室裡偷看動畫影片。因為怕媽媽突然回來，我一直緊張地聽著門的動靜。事情就是在這時候發生的，我突然覺得有點不對勁，從電腦屏幕前抬起頭後，我發現屋子裡多了一匹馬！

沒錯，一匹純白色的馬，除了眼睛和鼻尖，你幾乎可以認為他是雪堆成的。他很高，也很漂亮，算是我見過的馬中最漂亮的。關鍵是，他還是活的！

一匹高頭大馬突然出現在我媽媽窄小的辦公室裡，這怎麼都沒辦法解釋。就在我驚訝的時候，我聽到一個很遙遠的聲音：「他跑到哪兒去了！」

這聲音很輕，很不真實，我都沒辦法確定我是不是真的聽到了。但是，無論如何，那匹馬就在我眼前，鼻子都快貼上我的鼻子尖了。

「你……是誰？」我問。

白馬打了個響鼻，噴了我一臉的鼻涕。說實話，我沒指望得到他的回答，他只是一匹馬，不回答才是正常的。

我坐到桌子上，一邊用餐巾紙擦臉，一邊盯著白馬開始思考。現在面臨的問題是，我該拿他怎麼辦？我伸出手，小心地摸了摸他頭上的鬃毛，好光滑，還散發著淡淡的、類似花香的味道，一點馬臭味都沒有。對了，他不會在屋子裡拉屎吧？我曾經看到過，那些在街頭拉著馬車賣水果的馬兒們，都是隨地大小便的。要是這樣可就麻煩了。

「天啊！一匹馬，我媽看見肯定會嚇一跳……」我自言自語地說。

話音才落，屋子裡的空氣發生了變化，我四周的空氣突然有了像海浪般盪開的感覺。雖然它們是透明的，但我仍然能感受到空氣中產生的波紋，猶如風吹過水面。

眨眼間，又一匹馬出現在我面前。這次是匹純黑色的馬，和剛才那匹白馬一樣的漂亮，渾身漆黑，連一絲雜毛也沒有。

小小的屋子裡突然擠進來兩匹高頭大馬，這也太誇張了！

然而事情還沒完。就在我試圖把這兩匹馬弄出屋子的時候，屋子裡又出現了第三匹馬，一匹火紅色的馬。很快第四匹馬也出現了，是少見的青紫色，我從沒見過這種顏色的馬。緊接著，第五匹、第六匹、第七匹、第八匹馬幾乎同時出現，他們分別是灰白色、鵝黃色、青黃色和擁有黑色鬃毛、黑色馬尾的紅馬。

不過幾分鐘的時間，我媽媽狹小的辦公室裡居然擠進來了八匹大馬！我簡直不敢相信自己的眼睛，這怎麼可能？我媽媽的辦公室絕對容不下八匹馬，這

裡他的空間連站兩匹馬都很勉強。可是現在，八匹馬整齊地站在我面前，沒有碰倒桌子、椅子、床等任何家具。這是怎麼做到的？一時間，我覺得一定是自己眼睛花了。

這時候那匹灰白色的馬說話了：「喂！妳不是南極仙翁，妳是誰？」

一種不好的預感湧上我的心頭，馬會說話，說不定還有更奇怪的事情會發生。

「我是李小雨。」我大聲回答，「你們是誰？怎麼會出現在這兒？」

「妳不認識我們？」灰白色的馬有點意外，他眨眨眼睛說，「我的名字叫山子，白色那位叫白義，紅色那位叫赤驥，黑色那位叫盜驪，青紫色的叫逾輪，鵝黃色的叫渠黃，青黃色的叫綠耳，那位長著黑色鬃毛的紅馬叫驊騮。」

「山子、白義、赤……什麼來著？」

灰白馬不耐煩地看著我說：「赤驥。我看妳是記不全我們的名字的，即便現在勉強記住，大概過一會兒也忘了，所以，妳就叫我們『八駿』好了。」

「八駿？」我撓撓頭，怎麼聽起來那麼耳熟？

「啊！」我想起來了，「你們是郎世寧畫的《八駿圖》裡面的八駿，對不對？」

郎世寧是清朝最有名的宮廷畫家，但他並不是中國人，而是個長著金色頭髮、藍色眼睛的義大利人。康熙皇帝活著的時候，郎世寧來到中國傳播天主教，受到康熙皇帝的喜愛，於是開始進入皇宮作畫，一畫就是五十多年。他的畫很特別，是用油畫材料畫的中國畫。他的那幅《八駿圖》裡的每匹馬都像活的一樣，在故宮展出的時候，我蹲在旁邊看了好久。

「郎世寧是誰？」灰白馬問。

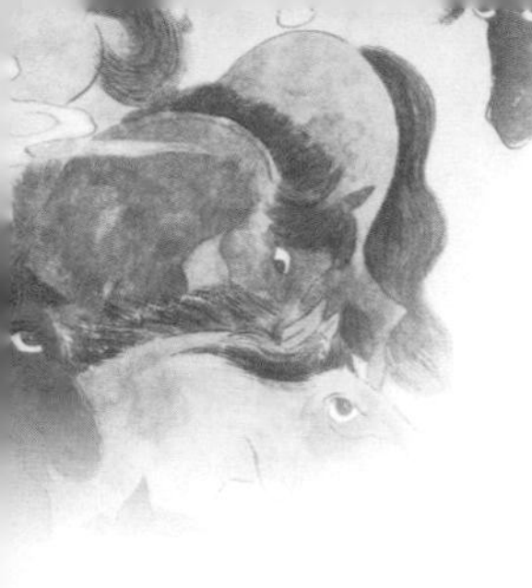



「一個畫家。」

灰白馬搖搖頭，說：「我們不屬於這個叫郎世寧的人。事實上，我們屬於周穆王，他去崑崙山拜見西王母的時候乘坐的就是我們拉的馬車。」

「我知道這個故事，《八駿圖》的解說裡提到了。」我接過話，「那裡面把你們說得可厲害了。說你們都是神馬，不過名字和你說的不太一樣。那裡說，你們中的一匹叫絕地，因為他的馬蹄從來不碰地；一匹叫翻羽，他可以跳越過天上的飛鳥；一匹叫奔宵，他一夜可以跑一萬里路；一匹叫超影，他喜歡追逐著太陽奔跑；一匹叫逾輝，他的皮毛比光輝還要閃耀；一匹叫超光，他奔跑的速度據說可以超過光速；還有一匹叫騰霧，他可以駕著雲奔跑；最後一匹叫扶翼，他的身後長著一對翅膀。」

灰白馬得意地笑了笑說：「妳說的這些名字，是人類以我們的速度為我們取的名字。而我們更喜歡他們按照顏色為我們取的名字。妳說的那些名字實在太招搖了，我們比較喜歡低調的生活。」

「原來是這樣啊！」我點點頭，問，「那麼，你們來這裡幹什麼？」

灰白馬回答：「周穆王死後，我們被西王母帶到了崑崙山。那真是個好地方，草的味道特別鮮美。」舔了下嘴唇後，他接著說，「但西王母並不喜歡旅遊，所以我們經常被她借給她的朋友，比如，這次借給了南極仙翁……」

「南極仙翁？他在故宮裡嗎？他就在我媽媽的辦公室裡？」我瞪大眼睛四處找。

灰白馬晃了晃腦袋，說：「不，南極仙翁應該不在這裡。我想我們是找錯地方了。即便是西王母，法術也有出錯的時候。看來，她把我們發錯地方了。」

「那我是不是要和你們道別了？」我迫不及待地打開門。雖然我也想和他

們多聊一會兒，但一想到媽媽回來時看到這八匹馬的表情，我覺得還是讓他們越早離開越好。

「等等，妳先別急著開門。」灰白馬慢悠悠地說，「我們現在還不能離開。」

我瞪大眼睛問：「為什麼？」

「我們雖然跑得快，但並沒有空間穿越的法術。所以，我們必須在這裡等，等到西王母發現自己的錯誤後，再把我們變回去。」他回答。

一聽這話，我皺起了眉頭，「你們要在這裡待多久？」

「這可不好說。」灰白馬一副無所謂的樣子，說，「說不定很快，但如果西王母正好手頭上有別的事……」

我、的、天、啊！這要是被我媽看見了……我的額頭開始冒汗。

「沒有其他辦法嗎？擠在這麼小的屋子裡，你們也不舒服吧？」我問身邊的駿馬們。

除了灰白馬外，其他的七匹馬異常安靜。

「妳問也沒用，他們都不會人類的語言。」灰白馬說，「我們每匹馬的分工都不一樣。比如盜驪，他的方向感很強，就負責引路。妳只要把要去的地方告訴他，我們就絕不會走錯地方。還有白義，他很敏感，負責偵察哪裡有危險。而我，語言能力還不錯，這在馬中很少見，所以我負責和神仙、人類交流。」

「你們不是跑得很快嗎？還會騰雲駕霧，你們跑回崑崙山的話應該花不了多久時間吧？」我急得滿頭大汗。

「以我們的速度是不用多久，用人類的時間計算的話，也就半天的時間吧！」灰白馬說，「但是，我們不能走。就算我們跑得再快，作為馬我們也要聽從主人的命令。主人把我們送到哪兒，我們就要待在哪兒，除非主人改變主意。」

我深吸一口氣，重重地倒在沙發上。看來，除了向西王母祈禱以外，我沒有別的辦法能把他們弄出這間屋子了。

「妳這裡……真破，連根草都沒有。」灰白馬無聊地打量著我媽媽的辦公室。

「我知道你已經習慣了西王母的宮殿。」我沒好氣地說，「但這裡只是人類的一間破舊的辦公室。」

「可不是，崑崙山所有的地方都閃閃發光，到處都是珍禽異獸和肥美的草地。」灰白馬懷念地說，「我們喝的都是雪山頂上流下的山泉。」

「反差太大了，我們喝的都是被污染的自來水。你應該想辦法盡快回到那個閃閃發光的地方去。」我催促他。

「我做不到。」灰白馬無力地搖搖頭，說，「不過既然我們已經待在這裡了，不如趁這個機會和妳聊聊天，我們很久沒有回到人間了。」

他說完這句話，其他的馬都紛紛點頭。原來他們聽得懂我們說話，我還以為他們都只懂馬語呢！

「聊什麼呢？」我嘆了口氣。

「告訴我們一些妳的事吧！」他說。

「我是個小學生，上五年級。我媽媽在故宮工作。就這些。」

說實話，我現在沒什麼心情和他們聊天，我的眼睛一直盯著房門，滿腦子想的都是媽媽這時候進來我該怎麼解釋。

「小學生？啊！我知道。我們上次來人間大概是二十多年前。當然，這是

指你們人類的時間。那時候，你們的私塾就已經分為小學、中學、大學什麼的了。」灰白馬說，「妳面前放的那個菜板一樣的東西是妳的作業嗎？」

「菜板？」我看了看桌子上的平板電腦，這匹馬居然叫它菜板！

「這不是菜板，這叫平板電腦。」我回答說，「它的用處很多……嗯，你說的沒錯，我是用它來做作業。」

我撒了個小謊，因為我不知道一會兒我媽回來後，這匹多嘴的馬會對她說什麼。

灰白馬說：「可是，妳們的作業就是看動畫影片嗎？」

「你是怎麼知道的？」我嚇了一跳，平板電腦明明已經扣過來了啊！

「哦，是盜驪告訴我的。我沒和妳說過他的眼睛有透視能力嗎？」

我盯著那匹純黑色的馬，生氣地說：「我不喜歡你偷看我的隱私！」

黑馬裝出一副糊塗的樣子，眼睛看向別的方向。

「少壯不努力，老大徒傷悲。」灰白馬搖著頭說。

「這好像不該是一匹馬說的話。」我不客氣地說。

灰白馬一點也不在意我的態度，他接著說：「綠耳說，能不能把妳書包裡的水蜜桃送給他吃，他餓壞了。」

「你們又是怎麼知道我書包裡有水蜜桃的？」

「綠耳的鼻子特別靈，不要說妳的書包裡，只要他想，幾里以外地方的味道，他都能聞得到。」

我磨磨蹭蹭地從書包裡拿出水蜜桃，遞給那匹青黃色的馬。他一口就把桃子吞了進去，嘴巴咀嚼了幾下後，一顆桃核被吐了出來。

「現在，我的夥伴們問，妳有沒有需要我們說明的事情？反正閒著也是閒

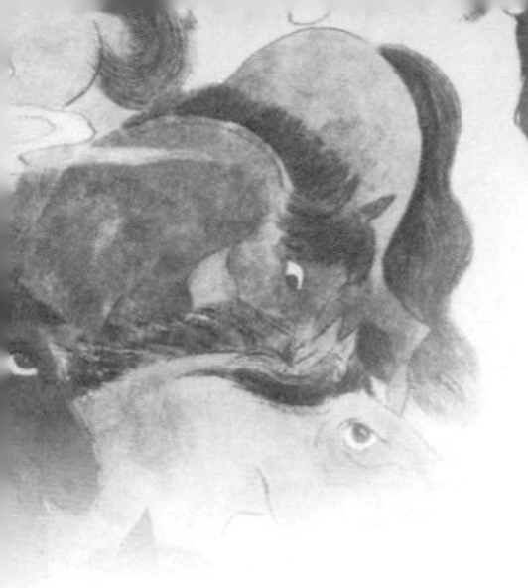



著。」灰白馬問。

我現在只希望你們趕緊離開，我心裡想。

「離開是不可能的，我剛才也和妳解釋過了。」灰白馬說。

「天啊！你知道我在想什麼？」我臉都嚇白了。

「不是我，是渠黃告訴我的。他會讀心術。」

我盯著那匹黃馬，這太可怕了，虧他長得那麼漂亮，居然會偷看別人的想法。

灰白馬又說話了：「渠黃叫我告訴妳，在駕駛過程中，知道主人的想法是十分重要的，所以這不叫什麼偷看。」

我捂住嘴巴，腦袋一片混亂。現在我一點也不覺得和這八匹大馬聊天是件有意思的事情了，我唯一可以做的就是祈禱：大慈大悲的西王母啊！趕緊把祢的寶貝駿馬們帶走吧！

「喂，妳桌子右邊那個長方形的東西是什麼？」灰白馬又提問了。

「那是手機。」我面無表情的回答。

「幹嘛用的？」

「打電話、上網、發資訊……有各種功能的軟體。」我真怕他接著問我軟體是什麼。

還好，他沒有問，他只是說：「能給我看看嗎？」

我不太情願地把手機拿到他面前，他拿鼻尖點了點屏幕。

「有點意思。」灰白馬的聲音突然變細了，「喂？媽媽嗎？我的作業還沒做，一直在看動畫影片。」

我一把把手機收了回來，看著手機屏幕，我簡直不敢相信自己的眼睛和耳

朵。

那匹馬剛剛居然撥通了我媽的電話，而剛才，他打電話的聲音，明明就是我的聲音！

我慌慌張張地掛斷電話，這下死定了！我媽回來一定會罵我的。

「看你幹的好事！」我狠狠地盯著我眼前的大馬，現在你要是問我還覺得他漂亮嗎？我會堅決地搖頭。

「我只是想督促妳學習……」

「你怎麼能模仿我的聲音？」我氣得發抖。

「我想我忘了說了，我除了有點語言天賦，還擅長模仿任何……」

沒等他說完，空氣中又出現了波紋。

「呼！」

純黑色的馬不見了。

「呼！呼！」

白色的馬和鵝黃色的馬不見了。

「呼！呼！呼！呼！」

紅色的馬、青綠色的馬、青紫色的馬、黑色鬃毛的紅馬都不見了。

現在只剩下灰白色的馬還站在我面前。

他的嘴還在不停地說話：「妳能不能告訴我這裡的地址，和妳聊天還挺有意思的，下次……」

「呼！」

終於，灰白色的馬也消失了。

我鬆了口氣。我是絕對不會告訴他這裡的地址的，我再也不想見到「八駿」了！

陸
隱形天臺

我媽媽不是個善於整理的人。雖然她能把自己管理的文物倉庫整理得井井有條，但是在家裡或者辦公室裡可是一團糟。

拿辦公室來說，裡面有一個大抽屜，抽屜裡至少有上百種東西：螺絲刀、橡皮、膠帶、只剩一點電量的電池、半條藥膏、一隻手套……每當我要找什麼的時候，媽媽總會讓我去那個抽屜裡找，但我很少能在這些東西中找到自己想要的。還有書架，也許叫雜貨架更合適。那上面只有一半的空間是放書的，剩下的地方放著花瓶、相框、明信片、維他命、水彩顏料、一塊拼圖、沒有燈泡的手電筒……

雖然我經常住在這間辦公室裡，但是我卻從沒有弄清楚這裡面都有些什麼。媽媽經常會從不知道哪個地方拿出一瓶過期的罐頭或者稀奇古怪的外國紀念品。

所以，當這個無聊的、炎熱的週六傍晚，有人在門外問「能不能借我藍油漆」的時候，我竟然不知道該回答「行」還是「不行」。

「是誰啊？」我隔著門問。

「能不能把妳的藍油漆借給我？」回答還是那句話。

「我這裡又不是超市，怎麼會有那種東西？」我一邊嘟囔，一邊打開門。

一開門，我就嚇了一跳。「龍大人！您怎麼來了？」

門外，一條只有野貓大小的金龍正抬頭望著我。我早就聽說過，龍可以隨意變化身體的大小，他可以變得比蚊子還小，也可以變得比高山還大。但是，親眼看到變小的龍，這的確是第一次。更稀奇的是，龍的懶散在故宮裡是出了名的，他居然親自跑來找我，那一定是有重要的事。

「龍大人，難道出什麼事了嗎？」我蹲下來，壓低聲音問。

「我不是龍。」小金龍不太高興地說。

「不是龍?」我不相信地眨著眼睛，「難道是龍……寶寶?」

小金龍翻了個白眼，「我承認我和父親大人長得很像，但我有自己的名字。」他伸出爪子說，「初次見面，我是虭蛥(ㄉㄧㄠ ㄕㄜˊ)。」

我輕輕握了握他的爪子。故宮裡總是這樣，每當你認為自己已經認識了所有怪獸的時候，就會有新的怪獸冒出來。

「你好，虭蛥，這麼說你是龍的兒子?你的名字也是龍大人取的嗎?他怎麼會取這麼奇怪的名字?」

「我的父親大人從來沒打算給我們取名字，所有龍子的名字都是你們人類送給我們的。」虭蛥回答。

「我們人類也真夠無聊的。」

「雖然無聊，但名字很好用。」他說，「尤其在我的兄弟中，就有幾個長相都非常像父親大人，要不是名字，很多人都沒辦法區分我們。所以，我很喜歡人類給我的名字。」

「你現在的樣子就是你的實際大小嗎？」我很好奇。

「是的，我生來就這麼大。」

「還能變小，或者變大嗎？」

他搖搖頭，「我沒有變化大小的能力。」

「你是我見過的最小的怪獸哦！」

虭蛥挑起了眉毛，「個頭小不意味著我本領小。」

我趕緊點頭，「當然，當然，我沒有小看你的意思。」

「好了，妳問的問題我都回答了，現在可以借給我藍油漆了吧！」虭蛥有點不耐煩了。

「可是我並沒有藍油漆……」在這間屋子裡，我從來沒看到過油漆桶之類的東西。

「我說妳有，妳就一定有。」蚵蛉肯定地說，「妳好好找一找，我午夜的時候再來拿。」

說完，他轉過身，扭著尾巴跑了。

「喂……」

我撓著頭，故宮裡很少用藍色，媽媽的辦公室裡怎麼可能有藍油漆呢？但既然蚵蛉這樣確定，我決定仔細找找看。

開始找東西，我才發現，媽媽的辦公室真是一、團、糟！沒用的垃圾充斥在屋子裡的各個角落。從自行車上掉下來的腳蹬、破了茶壺的壺把、我兩歲時玩的玩具、打錯行的文件……我一邊找油漆，一邊把這些垃圾扔進垃圾袋。在我掉扔第三袋垃圾的時候，媽媽回來了。

「哇！妳居然在收拾房間！」媽媽吃驚極了，「我的女兒真是長大了！」

我擦了一下臉上的土，問：「媽，妳這兒有油漆嗎？藍色的。」

「藍油漆？」媽媽遲疑了一會兒，說，「好像還真的有呢！」

聞言，我一下子站直了身體，「放在哪裡了？」

「如果我沒記錯，應該放在那裡。」

她繞過桌子，趴在床底下掏了半天。

「啊！找到了！」說著，她從床底下拿出一罐小小的藍色油漆桶。「就是這個，上次本來想把院子裡的長椅塗成漂亮的天藍色，結果一懶就忘了，連油漆桶都沒打開。」

「還真有這種東西啊！」我感嘆道，「而且居然放在床底下。」

「就是因為放在床底下，才一直沒想起來要用。」媽媽咂著嘴說，「這樣放著有點浪費，刷點什麼好呢？」

我一把拿過油漆桶，「把它送給我吧！就算是我整理房間的獎勵。」

「妳有想刷的東西？」媽媽問。

我點點頭。

「那就送給妳吧！」她笑著拍了拍手上的土。

半夜的時候，蚵蛉真的來了。他敲了敲房間的玻璃窗，我趕緊拿著油漆桶走到院子裡。

「找到了吧！」蚵蛉微微一笑。

「你怎麼知道這屋子裡有藍油漆的？」我問。

「妳知道我住在哪兒嗎？」他反問。「不知道。」

「我住在高塔的頂端或者白玉柱頭之上，站得高就看得遠，何況我們蚵蛉的眼睛可以穿透一切物體，所以沒有什麼我找不到的東西。」他得意地說。

「哇塞！你的眼睛居然有透視功能。」我讚嘆道，「我還以為只有超人的眼睛可以透視。」

「超人是誰？」

「一位外星球來的超級英雄，算是外星人。」

蚵蛉感嘆：「有機會真想見見他。」

「這恐怕不太容易，他住在美國，離我們這邊還挺遠的。」我說，「不過，你要藍油漆幹什麼呢？」

「我在做一個天臺，想塗上天藍色的油漆。故宮裡紅色的、金色的油漆到處可見，卻很少有藍色的油漆。我找了很久，才在妳這裡找到。」

「你做的天臺是在故宮裡嗎？」

「當然在故宮裡。」蚼蟓回答。

「能不能帶我去看看？」我很感興趣。

「妳要去看也可以，不過要幫我一起刷油漆。」

「沒問題。」

蚼蟓帶著我走進寧壽宮，繞過養性殿，來到暢音閣。暢音閣是故宮裡最大、最高的一座戲臺。

來這裡做什麼呢？我有點納悶。

「跟我來。」

蚼蟓一下鑽進了戲臺下面的地井。我也跟著鑽了進去。

「你是不是走錯路了，暢音閣的樓梯在那邊。」我追著問。

「走樓梯多麻煩。」他回答。

我仰頭看著直通三樓的天井，說：「這怎麼上去啊？我又不會飛。」

「飛一次試試看！」

「怎麼可能……」

沒等我說完，蚵蛉就給我腰上圍了一條保護帶，緊得我都喘不過氣來。

「你要幹嘛？」

話音未落，我身後又被繫上了一條粗粗的纜繩。

「準備好了嗎？」他問。

「準備好什麼？」我一臉莫名其妙。

「飛啊！」

「怎麼飛？」

「就這樣！」

他在繩子的一端猛然一用力，我真的就「飛」了起來。

怎麼說呢？就像拍電影時武打演員們吊鋼絲一樣，我一下子就被繩子拉到半空中。這真的很快，比爬樓梯快多了，但我感覺自己有點想吐。

我搖搖晃晃地落到三樓，慢慢解下自己身上的保護帶，虯蛥跟著跳了上來。

「飛的感覺怎麼樣？」他問。

「這不叫飛，這叫雲霄飛車。」我不高興地說，「暢音閣怎麼會有這種吊鋼絲般的東西？」

「滑輪吊索可以讓戲曲演員們在二樓、三樓來回翻飛，扮演神仙。」虯蛥回答。

原來是這樣。

「你的天臺就在這裡嗎？」我問。

「當然不是，跟我來吧！」

蚵蛒走出舞臺，繞到三樓戲臺後面。

「看！在那兒！」他指著天空。

我抬頭往上看，墨藍色的夜空中，有一排小小、窄窄的白色樓梯，一直通到很高很高的半空中，在那裡隱隱約約的可以看見一個長方形的、小小的天臺。

「好高啊！」我倒吸了一口涼氣。

「那當然了，為嘲風建造的天臺，一定要高才行啊！」蚵蛒高興地說。

「哦？」我大吃一驚，「這個天臺是為嘲風建造的？」

「是的，最近嘲風遇到了些傷心事，我想做一個漂亮的天臺讓他高興起來。」他回答，「誰叫我們是朋友呢？」

我更吃驚了，「嘲風居然還有朋友？」要知道，怪獸嘲風的傲慢和孤僻在故宮裡可是出了名的。

「那傢伙

表面上看起來傲氣，不愛理人，其實內心很善良。」虭蛥說，「我們都喜歡站在高處眺望遠方，喜歡在山尖冒險。有一次，我在崑崙山頂遇到了強大無比的氣流，還是嘲風救了我。所以這次，說什麼也想給他做一個能看見崑崙山的天臺，能吹呼呼的風……」

聽到這裡，我已經被虭蛥的話吸引住了。「我們上去吧！」

虭蛥帶領著我，邁上窄窄的臺階，一層一層向上爬著。我不敢往下看，只是默默數著一個個臺階。整

整七十個臺階後，我們就站在蚼蟉的天臺上了。

這真是一個挺可愛的天臺，上面放著好幾個雲朵做的大花盆，裡面開滿了雪白的薔薇花。薔薇的花枝纏在天臺四周，像是天然的圍欄。

「就差塗顏色了！」

蚼蟉拍拍手，拿出油漆和刷子。於是，不一會兒的工夫，木頭做的天臺變成了天空般的天藍色。

「真好看！」我忍不住讚嘆，「不過，你這樣隨便在故宮上做了個天臺，被院長發現了不會被拆掉嗎？」

「所以我才要把天臺染成和天空一樣的顏色。這樣，只有夜晚天黑的時候，天臺的樣子才會露出來。而白天的時候，藍天下它就變成了隱形的，大家只會把它當作一小片天空。」

「真是好主意！」

這個天臺可真高啊！彷彿伸手就能夠到星星和雲彩。遠遠望去，可以看到連綿的山脈和銀絲帶般的河流。涼爽的風從我的耳邊「呼呼」吹過。我的心「啪」地亮了，形容不出的喜悅讓我的心「咚咚」直跳。

「那裡就是崑崙山嗎？」我指著夜幕中最高的一座山。

「沒錯，那就是崑崙山，嘲風出生的地方。」

「嘲風一定會喜歡這裡！」我深吸了一口氣，說，「這真是一個好地方。」

「我想也是。」虭蛥癡迷地望著遠方，「也歡迎妳常來。」

「下次你絕不用滑輪吊上來，我寧可自己一層樓、一層樓地爬上來。」我說。

「下次我們飛去沙漠轉一圈吧？」

「天臺還會飛?像飛機一樣?」我吃驚地問。

「還沒飛過，不過下次試試看。」虭蛥一副很有信心的樣子。

「不過，為什麼要飛去沙漠呢?那裡那麼荒涼。」

「告訴妳一個小祕密。」雖然周圍一個人影都沒有，虭蛥還是壓低了聲音，「我和嘲風有個共同的夢想，就是在沙漠的中間蓋一座比崑崙山峰還要高的塔，只有在沙漠，那座塔才可以永遠不被人類發現。」

「聽起來像通天塔。」

「這個名字不錯。」

「要是有一天，你們的夢想實現了，可以請我去那座高塔嗎?」

「我會和嘲風商量的。」虭蛥回答。

一陣風吹過，叫人喘不過氣來的花香撲面而來，我和虭蛥都陶醉地閉上了眼睛。

第二天路過寧壽宮，我故意繞到暢音閣的後面，想看看白天時天臺的模樣。可是，如同蚵蛉所說，湛藍的天空下，天臺連影子和形狀都看不見，要說能看見的，只有一片薔薇花叢般的白雲。

我揉了好幾次眼睛，看到的都只有天空和白雲。

真好啊！白天會隱形的天臺。我的臉上露出了微笑，夜晚的故宮又多了一個好去處。

# 柒 小氣的龍大人

梨花病了。

那隻平時驕橫、喜歡熱鬧、你想甩都甩不掉的故宮第一八卦貓，此時卻四肢攤開，臥在珍寶館的角落裡，半閉著眼睛。唯一能看出她還活著的，是她的前爪偶爾會顫抖一下。

她已經這樣躺了三天。

三天前，我拿著貓罐頭來珍寶館餵野貓時，發現總是搶在最前面的梨花沒有出現。小黑帶著我走了半個珍寶館，才在一個角落裡發現生病的梨花。

我把梨花抱到媽媽的辦公室，讓她趴在我膝蓋上，給她餵水，把她最喜歡的鮪魚口味貓罐頭放在她的鼻子尖端，但她連眼皮都不張開一下。

梨花只有七歲，哪怕按照貓的年齡算，她也屬於年輕力壯，沒到要老死的時候。我從沒想過自己會這麼早失去她，我最好的貓朋友，我幾乎把她當作親人了。

第三天的時候，我帶著梨花去了寵物醫院。

「帶她回去吧！」

做完檢查後，穿著白大褂的獸醫對著我搖頭說：「是貓傳染性腹膜炎，目前還沒有針對這種病的特效藥。她最多還能活兩個星期。」

「別這樣，您總要做點什麼吧？我不能看著梨花等死。」我懇求道。

「無論我做什麼治療都只是增加她的痛苦。」獸醫回答，「妳還是帶她回家，盡量讓她舒服一點，也許死前她會消失，貓總是不願意死在家裡。」

「不！我不會讓她死的！」我把梨花抱起來轉頭就走，「就算你沒辦法，其他人也會有辦法治好她。」

「如果妳想讓她多活幾天，就不要再去別的醫院折磨她了。」獸醫在我背後說，並嘆了口氣。

我知道他是個不錯的獸醫，之前故宮裡的野貓們、狼狗們都曾在他這裡看過病，他醫術很好，而且很有愛心。但是我仍然接受不了他判梨花死刑的事實。

我聽從了獸醫的勸告，沒有再去其他寵物醫院。我把梨花抱回故宮，這裡是她的家，也是個神奇的地方。我想試試看，能不能有奇蹟發生。

我先找到了故宮裡年齡最大的野貓咪姥姥。她原本是隻叫「咪咪」的野貓，但因為太過長壽，慢慢的，大家都叫她「咪姥姥」了。永壽宮的管理員說她已經足足有二十歲，她自己則聲稱已經快三十歲了。

咪姥姥正在陽光下打盹，對我把她叫醒很不高興。她看了看我懷裡的梨花，說：「野貓們生病，通常撐幾天就過去了。撐不過去的，就只能去找人類的醫生，如果連你們人類都沒辦法，我們野貓又能有什麼辦法？除非……喵。」

「除非什麼？」我趕緊問。

「沒什麼，沒什麼。喵。」她卻不往下說了，「那是不可能的。」

「到底是什麼？妳說了我才知道怎麼辦啊！」我急了。

「哎！妳這丫頭怎麼這麼死心眼呢？那就告訴妳吧！喵。」咪姥姥壓低聲音說，「我還是一隻小貓的時候，曾經在宮廷史研究部的院子裡住過一陣子。那院子裡有一位老專家天天餵我吃的，還在下雨、下雪天的時候把我抱進辦公室和我聊天。他總是研究太醫、醫學什麼的，我曾經聽他說，很久以前有一位獸醫之神被供在太醫院裡，他不但能治好動物，連龍的病都能治……」

「獸醫之神？他有名字嗎？」我忍不住打斷她。

「叫……叫什麼來著……喵。」咪姥姥緊皺著眉頭，說，「讓我想想，年齡大了，這記性就……對了！我想起來了。」她露出了微笑，「他叫馬師皇！

沒錯，就是這個名字！喵。」

「馬師皇。」我默默跟著唸了一遍，「謝謝妳，咪姥姥！」

我抱著梨花回到媽媽辦公室，用坐墊和紙箱為她弄了個舒服的窩，在旁邊擺上水和食物。這期間她只睜開過一次眼睛，看了看我之後，就又進入了半昏迷狀態。

漫長的下午已經過去，紅色的晚霞把故宮變成了漂亮的玫瑰色。我一口氣跑到失物招領處，找到楊永樂。「知道角端這時候在哪兒嗎？」我喘著粗氣問。

「妳找角端幹什麼？難道是因為梨花的病？」不愧是我的好朋友，楊永樂一下就猜到了。

「咪姥姥說，太醫院裡供奉的獸醫之神，說不定可以治好梨花，可是我從沒聽說過故宮裡有太醫院，想去問問角端。」我說。

「妳說的沒錯，太醫院的確不在故宮裡。它應該在地安門外。」楊永樂說，「不過就算妳找到那裡也沒用，我聽說那裡早就變成民宅了。以前供奉的什麼藥神啊、獸醫之神啊都不在了。」

我一下子跌坐在椅子上，「那……那獸醫之神去哪兒了？」

「這就真的要問角端了，畢竟他是個無所不知的大怪獸。」

「那還等什麼？」我一下子站了起來，「趕緊帶我去找角端。」

我們站在中和殿後面，直到月亮高高升起，才看見角端慢悠悠地走了出來。

「角端，你知道馬師皇在哪兒嗎？」我衝上去就問。

「馬師皇？妳找他幹什麼？」角端歪過頭。

「聽說他是獸醫之神，連龍的病都能治好。是真的嗎？」

角端點點頭說：「還真有那麼回事。馬師皇本來是黃帝的馬醫，生病的馬到了他手中就會痊癒。幾千年前龍大人曾經找他治病，他用藥針刺龍的下唇內側，還讓他服用了甘草湯，龍的病就真的治好了。從此怪獸們如果生病也會去找他。」

「這麼說，你也找過他治病了？」我高興地說，「那你一定知道他在哪！」

「我雖然沒找過他治病，但我的確知道他在哪兒。」角端回答。

「在哪兒？」

「就在故宮裡。」角端說，「明朝時，皇帝在太醫院供奉馬師皇，這個習慣後來被清朝的太醫院延續下來。但清朝滅亡後，太醫院成了普通民宅，於是『仙醫廟』裡的那些醫仙們的銅像就全被搬到了故宮的倉庫裡，馬師皇也跟著過來了。」

「太好了！我這就去倉庫找他。」

「等等！」角端叫住我，「有件事妳必須知道，馬師皇雖然醫術高明，卻是個很財迷的神仙。」

「他會要錢？」我想了想，說，「沒關係，只要他能治好梨花，我會想辦法湊錢給他。」

我和楊永樂跑到宮廷部的藥材藥具庫，和醫學相關的文物通常都收藏在這裡。藥材庫的野貓七七正在逗弄一隻小老鼠，看到我們就一路小跑地迎了過來。

「李小雨？楊永樂？好久不見啊！喵。」

「七七，你認識一位叫馬師皇的神仙嗎？」我問。

「你說馬老頭？他這時候一定在景山上採草藥呢！喵。」七七回答。

「謝謝了！」

我們一路穿過神武門，沿著山道爬上景山。夜霧中的景山，彩燈閃耀，比故宮的那些宮殿們還要光彩、絢爛得多。剛剛爬了一半，我就發現一位白髮老人蹲在山坡上，手裡拿著一朵紫色的小花。

他會是傳說中的馬師皇嗎？為了避免認錯人，我輕聲問：「老爺爺，這麼晚了您在山上幹什麼啊？」

老人沒回頭，舉著手裡的紫花說：「這月見草可是相當好的草藥，要是碰到那種皮膚乾紅、血液凝固的馬，吃這種藥再好不過了。」

我忍住心裡的激動，問：「這麼聽來，您好像是一位獸醫？」

「呵呵，獸醫？我可不是普通的獸醫。」老人驕傲地說，「我是獸醫之神。」

「我們總算找到您了，馬神醫！」我大聲說。

我的話把他嚇了一跳，馬師皇慢慢轉過頭，看著我們問：「你們在找我？」

「沒錯！」我拼命地點頭，「我想請您救救我的貓，她叫梨花，是故宮裡的野貓。」

「貓？」他滿臉嫌棄地說，「我可從沒治療過貓，我只為駿馬和神獸治病。」

「可是，做為一名醫生，患者不應該分高低貴賤啊！」楊永樂忍不住插話。

馬師皇挑起眼角，「你說的好像很有道理。好吧！那我就破一

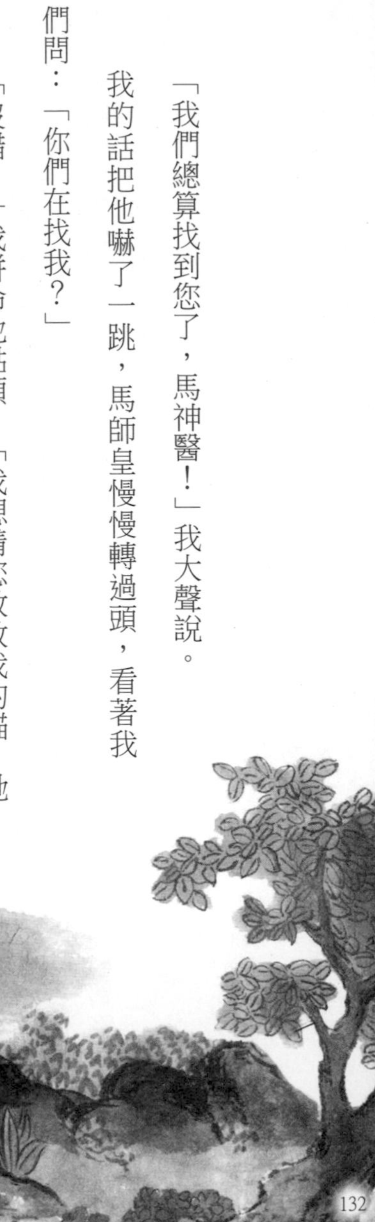

次例。讓我治療一隻野貓也可以，但是，你們付得起診療費嗎？」

「沒問題，只要您能治好梨花，我一定湊錢給您。」我滿嘴答應。

馬師皇冷笑一聲，「我的診療費，可不是用你們現在的錢就能支付的，我的診療費要用黃金來支付。」

「黃金？」我大吃一驚，放低聲音問，「您要多少黃金呢？」

「最少也要一斤黃金。」馬師皇說，「等你們湊夠了診療費再來找我吧！那時候，我再為你們的貓治病。」

說完，他一轉身，不見了。

「這也太坑人了！簡直就是敲詐！」楊永樂大聲嚷嚷著，「一斤黃金？那得十幾萬元呢！」

沒錯，無論我想什麼辦法，也不可能湊出一斤黃金的錢。難道只能放棄了嗎？梨花毛茸茸的小臉浮現在我眼前，是她改變了我的生活，帶我闖進怪獸們的世界，我們一起探索故宮裡最神祕的地方，經歷了那麼多驚險又有趣的事，難道我真的只能放棄她嗎？不！我不要！

我轉過身，朝著山下跑去。

「妳去哪兒？」楊永樂問。

「去找山寨先生！」

故宮內務府酒醋房的院子裡，山寨先生盡責地守著他的祕密酒窖。他是故宮裡最富有的野貓，一隻被財神看中的野貓，如果說故宮的動物裡誰能拿出這麼多金子，肯定非山寨先生莫屬。

「一斤金子？喵。」山寨先生瞪大了眼睛。雖然有錢，他可不是個守財奴，只要故宮裡的動物有誰需要幫忙，他總會盡力幫助。

「對！地方嗎？」我問。

山寨先生想了想，轉身進了旁邊的小屋子，那裡有他的小金庫。過了一會兒，他叼著一個金酒杯走了出來。

他把酒杯放到我面前，「我這裡有珊瑚、珍珠、寶石、銀子，還有小魚乾、貓糧、臘肉、香腸……但是金子，只有這一點。」

我拿起那個酒杯，是個很小很小的酒杯，裡面頂多能裝一兩酒。不用稱重，我也知道，這個酒杯沒有一斤重。

「如果你都沒有，哪裡還能找到那麼多的金子呢？」這下，我可發愁了。

「還有個地方。」山寨先生說，「龍大人那裡！他可是故宮裡最富有的怪獸。」

龍大人？我更發愁了。山寨先生說得沒錯，龍是很富有，但是他的小氣也是故宮裡出了名的。

「以龍的脾氣，他應該不會給我們那麼多黃金。」楊永樂說，「不過，我們可以向他借。等我們長大工作了，再還給他。」

我拍一下額頭，「你說得對，我們現在就去找龍借黃金。」

龍正在雨花閣上喝酒，我們沒花什麼力氣就找到了他。

「龍大人！」我恭恭敬敬地站在雨花閣下問，「您能借給我一斤黃金嗎？獸醫之神馬師皇說，只有拿出那麼多的黃金，才能幫我救梨花。」

「那老頭是這麼說的？」龍瞇起了眼睛。

我點點頭，「您借我的黃金，我長大賺錢後，一定還給您。」

「我沒有那麼多黃金借給妳。」龍不耐煩地擺擺尾巴，說，「再說，那隻八卦貓要是死了，正好省得她天天煩我。」

「龍大人！您是怪獸中的王者，誰不知道您非常富有？」我生氣地說，「用一斤黃金就能換回一條命，這種時候您還那麼小氣嗎？」

「對！我就是這麼小氣。」龍不在乎地說，「我不願意用一斤黃金去換一隻野貓的命。」

我被激怒了，大叫道：「野貓的命和怪獸的命、人的命有什麼不同嗎？雖然誰都知道，您膽小怕事，還小氣得要命，但我真的沒想到，您還這麼的殘忍和自私！你……你真不配做怪獸之王！好，我不向你借了，我自己去想辦法！」

說完，我轉頭就跑，無論楊永樂在身後怎麼叫我的名字，我都沒有回頭。

我筋疲力盡地跑回到媽媽的辦公室。梨花還在熟睡，旁邊的水少了一點，但食物卻動都沒動。我把她緊緊地摟在懷裡，倒在床上絕望地睡著了。一斤黃金，對我來說，真是太多了。

第二天，雖然我急得像無頭蒼蠅，卻仍沒想出弄到一斤黃金的好辦法。第三天，也就是梨花生病的第五天的深夜，獸醫之神馬師皇卻突然出現在了我的床前。

「您……您怎麼來了？」我吃驚地從床上坐起來，使勁地揉了揉眼睛，這不是做夢吧？

「我是來給那隻野貓治病的。」他壓低聲音回答。

「可是，我還沒有湊到一斤黃金。」我小聲說。

「不用了。」他搖搖頭，「這次就算我發善心，不收任何診療費了。」

「真的？」我不相信地看著眼前的獸醫之神，他似乎有點不對勁，臉色蒼白，手臂還在微微顫抖。

「別多說了，我想趕緊結束這件事。」他一把抓起我身邊的梨花。梨花猛然睜開眼，無力地「喵」了一聲。

他仔細觀察了梨花的狀態和眼睛，然後把她重新放回床上，拿出幾根細細的長針和一小包草藥。

「妳去用開水把這些藥草泡開。」

他把草藥包交給我。我跳下床，拿出熱水瓶和杯子，把草藥泡到杯子裡。這麼短的時間裡，馬師皇已經把梨花扎得像個刺蝟，渾身都是藥針。扎完針，他把草藥從杯子裡取出來，擠出汁液滴到梨花的嘴裡。吃完藥，梨花又陷入了昏睡。

他留了六包草藥給我，「像我剛才那樣，每天給她吃兩次藥。」

「她真的能好嗎？」我不放心地盯著他。

「哼！還沒有我治不好的動物。」他甩甩袖子，就朝門口走去。

「太感謝您了！您真是位好醫生。」我感激地說。

聽到我這麼說，已經走到門口的馬師皇卻停住了。

他轉過身說：「對了！還有一件事。」

「什麼事？您儘管說。」

「我不知道妳和龍是什麼關係，但能不能幫我告訴他，妳的貓我已經治好了，讓他不要再來恐嚇我？」他緊皺著眉頭大聲說。

「恐嚇您？」我大吃一驚，「您是說，龍大人，他恐嚇您了？」

「可不是！那樣子太可怕了！」馬師皇睜大眼睛說：「一晚上找我兩三次，說什麼我不治病就要吞了我，讓我連神仙都做不成。我都變得神經衰弱了。這個沒良心的傢伙，虧我還救過他的命……」

我愣住了，原來是這樣，怪不得這個財迷的神醫會一分錢也不要地為梨花治病。

龍，我真是錯怪他了。雖然他還是那個小氣、怕事的龍大人，但是他卻也是那個善良、嘴硬心軟、好心的龍大人。

獸醫之神馬師皇沒有吹牛，六包草藥吃過，梨花就恢復得和以前一樣活蹦亂跳了。

而我能做的，就是找到龍大人，獻上自己最真誠的道歉。

# 捌 公主花

天氣不知不覺熱了起來，陽光開始變得刺眼，夏天來了。

我滿頭大汗地背著書包跑在故宮裡，臉被曬得通紅。不知道為什麼，楊永樂今天非要約在長春宮見面，從東華門走到西邊的長春宮，那可是要走好長一段路呢！

長春宮有什麼好玩的？我有點納悶。那是我很少去的宮殿，只記得影壁上的琉璃花很美。

繞過體元殿，突然，眼前出現一片特別耀眼的紅色，連刺眼的陽光在這紅色面前都顯得柔和了。

「咦？」

我站住腳，眨了兩下眼睛。啊！半空中不是往常見慣了的松樹、柏樹，而是一片紅雲般的花朵，高高地懸掛在宮牆之上。

我屏住氣，長春宮什麼時候開了這麼多花？

這時候，身後傳來了楊永樂的聲音：「妳可來了，真慢！」

我轉過頭問：「這是什麼花？怎麼都爬到牆

頭上去了！」

「這——妳都不認識？」楊永樂故意拉了長聲說，「這是凌霄花啊！」

「凌霄花。」我扶起一朵牆頭垂下來的花，花朵有點像喇叭花，那鮮紅的花瓣彷彿在燃燒。

「滿山凌霄花不掃，我來六月聽鳴蟬。陸游的詩，妳沒聽過？」楊永樂開始在一旁賣弄了。

「你讓我來長春宮，就為了看凌霄花嗎？」

「是……也不是……」

楊永樂這傢伙，就喜歡賣關子。我翻了個白眼，轉身要走。楊永樂急忙一跳，擋在我面前。

「喂！這樣就生氣了？」他皺著眉頭說，「好好，我告訴妳不就行了。」接著，他突然壓低聲音，神神祕祕地說：「這些凌霄花裡藏著魔法。」

「魔法？這些花嗎？」我吃了一驚，問，「什麼魔法？」

「我還不太清楚……」楊永樂吞吞吐吐地說。

這回我真的生氣了，這傢伙是在逗我玩嗎？我一甩手，轉頭就走。

「別……別著急啊！」楊永樂追過來，說，「我沒騙妳，我親眼看到的！」

我停下腳步，問：「你看到什麼了？」

「昨天晚上，我親眼看到一群老鼠爬上牆頭摘了凌霄花戴到頭上，戴了花的老鼠突然像人一樣開始用兩條腿走路，還唱著一首很奇怪的歌。」

老鼠用兩條腿走路還唱歌，這我還真沒聽說過。「然後呢？」

「唱完歌，老鼠們就恢復正常，高高興興地跑了。」楊永樂說，「我覺得，這凌霄花裡一定藏了什麼魔法。」

「那你怎麼不試試？」

「我試了！」楊永樂大聲說，「戴在頭上，夾在耳朵上，叼在嘴裡，連頂在額頭上我都試了，可是什麼事都沒有發生。」

我嘆了口氣說：「巫師，我覺得是你想多了，也許老鼠們正在舉辦化妝舞會，和這些花無關。」

「不對！不對！」楊永樂有點著急，「今天早上，奶油也戴著凌霄花用兩條腿走路來著，她嘴裡哼的歌和昨天老鼠們哼的一樣。」

奶油是故宮裡最漂亮的小母貓，她渾身雪白，摸起來像絲絨。昨天，梨花還專門跑來找我，說奶油要結婚了，想邀請我參加她的婚禮。奶油走起貓步來可優雅了，我從來沒見過她用兩條腿走路。

「那是怎麼回事呢？」我也開始奇怪了。

「我想了半天，覺得只有一種可能。」楊永樂說，「也許凌霄花的魔法，只對女性有效，所以我把妳叫過來，就是想做個實驗。」

原來是想要我做實驗啊！這還不簡單！

我摘下一朵凌霄花，突然覺得有點難為情，這紅色也太鮮豔了。上次往頭上戴花是什麼時候的事了？四歲？五歲？那時候我可喜歡把媽媽做的花環戴到頭上了。可是長大以後，就覺得這麼做很難為情。

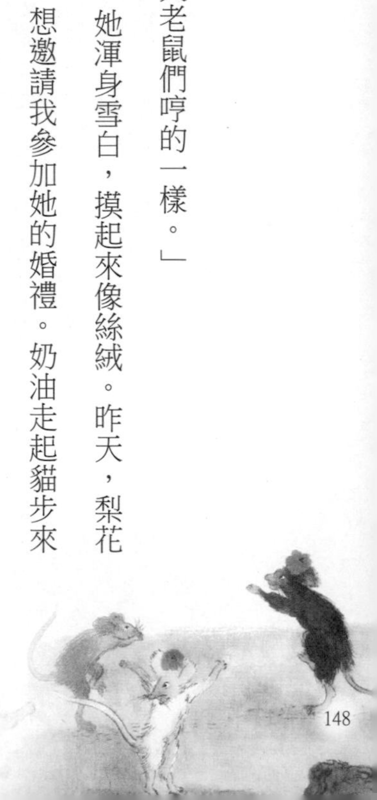

我把凌霄花隨便往頭髮裡一插，反正這裡除了楊永樂也沒有別人，不會有人嘲笑我。

什麼感覺呢……

凌霄花淡淡的花香飄了過來，我突然覺得眼睛有點花。

怎麼回事？難道是我近視了？為什麼眼前模模糊糊的，什麼都看不清楚了？

也不知道過了多久，可能很久，也可能只是一瞬間。我的耳邊突然響起了一個聲音：「妳好啊！水仙花般的姑娘。」

咦？楊永樂的聲音怎麼變得輕聲細語的？

我吃驚地轉身一看，身後哪裡還有楊永樂的影子，面前站著的是一位穿著紅色旗袍，而上戴著金色首飾的清朝公主。

「哇！楊永樂，你什麼時候學會變身術的？」我尖叫起來，「太厲害了！真像一位格格似的，連聲音都變了。」

「楊……楊什麼樂？」清朝公主莫名其妙地看著我。

「楊永樂你別裝了！」我拍了一下她的肩膀。好瘦弱的肩膀，楊永樂連身材都變那麼像，難道是巫術嗎？

「可是，我並不認識什麼楊永樂。」她說，「我是敦恪公主，是康熙皇帝的第十五個女兒。」

敦恪公主？我睜大眼睛上下打量，她很年輕，長得也美，正笑瞇瞇地看著我。那眼神……那眼神一點都不像楊永樂。我聽說過，無論怎麼變身，眼神都是不會變的。難道，她不是楊永樂變的？那楊永樂呢？

我往後退了一步，在故宮裡看到穿古裝的人可不是什麼好事。

「公、公、公主，妳，妳怎麼會在這兒？」我的舌頭開始打結了。

敦恪公主笑了，說：「因為妳戴了我的花啊！戴了這花的女孩就會看見我。妳不知道嗎？」

我搖搖頭，摸摸頭上的凌霄花，問：「妳為什麼說這是妳的花？」

「因為，這花是我變的。」敦恪公主回答。

「妳？」我太吃驚了，發出了異常的尖叫。

敦恪公主點點頭，雙手無力地垂了下來。

「有三百年，還是四百年了呢？時間我總是算不準，因為從小到大就沒有學過算數。」她小聲說。

「妳不是公主嗎？」

她微微一笑，說：「那時候，公主也沒有老師，只有王子才有。何況，我的母妃死得早，我和姐姐就更沒人管了。」

她在長春宮的院子裡轉了一個圈。

「小時候，我和姐姐溫恪公主就住在這個院子裡。」她指著旁邊一棟空蕩蕩的房子說，「我們和奶娘就是在那間屋子裡生活的。哥哥是十三阿哥，在阿哥所長大，不過我們會經常偷偷跑去看他。」

她輕輕嘆了口氣，「那時候我們並不得皇阿瑪寵愛，沒有什麼依靠，連太監有時候都會欺負我們。但現在想想，和姐姐、哥哥生活在一起，雖然辛苦但很幸福，不像後來……」

「後來怎麼了？」我追問。

「後來，姐姐出嫁了。緊接著，我也出嫁了……」她低下頭。

出嫁？出嫁怎麼會這麼悲傷呢？我看的童話故事裡，結尾都是公主與王子

幸福地生活在一起。

「那多好啊！妳是公主，不是嫁個王子就是嫁個大官，肯定誰也不敢欺負妳了。」我說。

敦恪公主苦笑了一下，說：「我的確嫁給了一位王子。那時我只有十八歲。他是蒙古科爾沁部落的王子，人很勇敢，武功也很厲害，曾經立下了很多戰功。他是蒙古最英俊的王子，我出嫁前，宮裡的姐妹們不知道有多羨慕我呢！我也以為自己的幸福要來了。」

「多好啊！」我看著她的臉，「不過妳的樣子好像並不快樂，難道他人品不好？是個壞人？」

她搖搖頭，說：「不，他很正直，也很忠實。」

「那妳還有什麼不滿意的？」

「不滿意？怎麼會？」她微微一笑，「我很愛他。但是……他，卻不愛我呀！」

我過於吃驚，連聲音都發不出來了。不對啊！王子怎麼會不喜歡公主呢？而且是眼前這麼漂亮的公主？童話故事裡，他們不都是一見鍾情的嗎？

敦恪公主淒然地說：「他喜歡的不是我，很早以前他就有了戀人。但是，為了讓他的部落更加強大，他依然娶了我。沒想到，我的命運會這麼悽慘，在宮中得不到父母的寵愛，嫁人之後仍然得不到夫君的疼愛。那時候，姐姐和哥哥已經不在我身邊，姐姐遠嫁，哥哥因為廢太子的事情被牽連，失去了皇阿瑪的信任。我連個可以依靠的人都沒有，又孤獨又寂寞，每天被悲傷壓著，心寒到不行，不想再活下去了。」

好可憐啊！我心裡一酸。

「後來，我生病了，每天在床上躺著，連坐起來的力氣都沒有。突然有一天，也就是這樣夏天的日子，風唰唰地吹著，爬到我窗戶的凌霄花齊聲說『變成花吧！陽光會讓妳暖和起來！』我的眼前變成了金色的一片，就那麼躺著，昏昏沉沉地睡著了。等到我再睜開眼睛時，就發現回到了長春宮的院子裡，小鳥正在我肩膀上叫，我的身體變得像花枝一樣柔軟，頭髮上散發出花香……我真的變成了凌霄花。」

我的眼淚湧了出來，怎麼會有這麼可憐的公主。

「別哭啊！」敦恪公主微微一笑，說，「和當公主的時候相比，我倒是更喜歡變成花朵的日子呢！每天沐浴在陽光裡，心裡總是暖洋洋的，那些生前的愁苦，早就沒有了。那時候，我不過是一個沒有用的公主，但現在，我卻能幫助很多人，這是我當公主時想都不敢想的事！」

「妳能幫助別人？」我有點納悶，變成凌霄花，哪裡都不能去，也不能動，怎麼幫助人呢？

敦恪公主吃驚地看著我，說：「妳不知道嗎？那妳為什麼會從我的花藤上摘凌霄花戴在頭上呢？」

「我只是聽說這花朵裡有魔法，想看看是不是真的。」我實話實說。

「是真的！」敦恪公主使勁地點點頭，說，「我剛開始也不知道，自己居然會有魔法。直到一位長春宮的宮女將花藤上的花摘下來，送給了出宮嫁人的姐姐。這個姐姐結婚那天把花插在水裡，水染成了紅色，從此她的婚姻便十分幸福。這件事傳開後，故宮裡很多年輕的女孩，甚至即將結婚的動物都會來我這裡摘上一朵凌霄花戴到頭上。我就會出現，和她們一起唱祝福的歌曲，祝福她們得到真正的愛情。」

「是這樣啊！」我的臉「唰」地一下紅了，心「撲通、撲通」直跳，我可還沒想過嫁人呢！

「也許是因為我的命運太悲慘了，上天憐惜我，讓我變成了花，將自己沒來得及用的福氣分給其他人。」敦恪公主很天真地笑了，「現在，我們就開始為妳的愛情祈禱吧……」說著，就要唱起歌來。

「等等！」我紅著臉捂住了她的嘴，說，「都怪我，不知道緣由就來摘凌霄花。不過，現在離我結婚也太早了，能不能等我長大了再來找妳，到時候再請妳幫我祝福，可以嗎？」

敦恪公主「噗嗤」一聲笑了，說：「好吧！那就等妳長大些我們再唱歌吧！如果妳哪天有了心愛的人，就在這個季節來長春宮找我。」

心愛的人……我的臉紅得像是炭在燒。

「再見了……」

敦恪公主在一片閃耀的金光中慢慢消失了。這時，我才發現腳痠了，我感覺自己已經站了好久好久。

「喂！妳怎麼了？」我突然聽到了楊永樂的聲音，「妳走了那麼多圈，不累嗎？」

我睜開眼睛，楊永樂的眼睛在我的臉上掃來掃去。

「我一直在走？」我明明是站著和敦恪公主說話的啊？

「嗯！妳一直在長春宮的院子裡繞圈，那走路的樣子和昨天那群老鼠一模一樣。不過，倒是沒唱歌。」

怪不得我的腳會這麼痠。

「到底發生什麼事了？」楊永樂問。

我蹲下來，兩手撐住地面，喘著氣，把我的經歷從頭到尾跟他講了一遍。

「敦恪公主？是那位公主啊！我還看過她的故事呢！」楊永樂說，「她在十八歲被康熙皇帝封為和碩敦恪公主，那年的十二月嫁到了蒙古部落。可是沒過一年，她就去世了，死的時候還不到十九歲。她的姐姐溫恪公主也在那一年死於難產。但是誰都不知道敦恪公主是怎麼死的，原來她變成了凌霄花。」

「那你知道她的丈夫後來怎麼樣了嗎？」我很好奇，那個娶了敦恪公主卻不愛她的王子結局如何。

「妳說蒙古科爾沁部落的多爾濟王子啊！敦恪公主去世後，他因為犯罪被剝奪了爵位，沒過幾年也病死了。」

我嘆了口氣，公主與王子在現實生活中結局竟然這麼令人悲傷。

「那位敦恪公主有沒有保佑妳的愛情呢？」楊永樂張開大嘴笑了起來。

「你、你……說什麼呢？」我頓時臉紅得恨不得找個地洞鑽進去。

「妳看，妳戴著凌霄花就好像是新娘子！」楊永樂一邊嚷嚷著一邊跑開了。

他這麼一說，我趕緊對著旁邊宮殿裡的玻璃窗照了照，然後，臉立刻就漲得發紫。再怎麼說，這也太紅了，真的就和電視裡的新娘子似的，簡直是瘋了……

我把凌霄花從頭上扯下來，這種事還是等到真的要嫁人時再做吧！

我慌張地朝四周看去。謝天謝地，除了漸漸跑遠的楊永樂，一個人也沒碰上，要不羞死人了。可惡的楊永樂，居然敢嘲笑我，還不是他要我做實驗的嗎？

「楊永樂！你給我站住！」我朝著他跑開的方向追過去。

跑著，跑著，我驀地想到，無論多久以後，我一定還會見到美麗又善良的敦恪公主，在一個長長的夏天的黃昏。

玖

# 變成怪獸的魚

「喂！喂！你怎麼在這裡睡著了？」

我使勁地推了推面前的怪獸。

就在剛才，我吃過晚飯，打算去箭亭後面探望狐狸一家，沒想到剛過了日精門，就看見一個大怪獸懶懶地趴在大銅缸裡睡覺。

路燈下，他的龍頭和魚尾露出了缸外，是吻獸嗎？我興奮地跑過去。咦？不對，這個怪獸雖然也是龍頭魚身，但多了四隻烏龜般的腳，身上鱗片的顏色也和吻獸不一樣。他閉著眼睛，打著呼嚕，口水都從嘴邊流出來了。吻獸睡覺的樣子比他優雅多了！

這是什麼怪獸呢？我有點納悶。

但很快我就回過神來，無論什麼怪獸，也不能睡在這麼明顯的地方啊！要是故宮裡值班的叔叔、阿姨路過這裡，還不被嚇壞了？

這麼一想，我加了把勁推了推他：「快醒醒啊！換個地方睡覺吧！」

怪獸終於睜開了眼睛，他抬起頭，看著我發了好一會呆。

「你還好嗎？」我問。

他深吸了口氣，才開口說道：「原來是在做夢。」

「是的，你剛才睡著了，很可能還做了夢，但現在你必須離開這裡，值班的人吃完晚飯很可能會路過這裡。人類要是看見你就糟了，不是嗎？」我冷靜地說。

他納悶地看著我問：「妳不是人類嗎？」

「我？我當然是人類！」我的臉有點紅，說，「不過我不一樣，故宮裡的怪獸我見多了。」

「妳見過我？」怪獸還是一副沒睡醒的樣子。

我搖搖頭，說：「咱倆應該是第一次見面，我叫李小雨，你應該聽其他怪獸說起過我……」

怪獸一臉茫然地說：「對不起，我想李小雨這個名字我今天才第一次聽到。」

如果現在有個地洞，我一定會鑽進去。不過，我很快就提起勁，紅著臉介紹自己：「好吧！我叫李小雨，我媽媽是故宮文物庫房裡的保管員。我和故宮裡的很多怪獸都是朋友。你叫什麼名字？」

「我是鰲魚。」怪獸回答。

「你也是龍的兒子？」我從來沒聽說過鰲魚這種怪獸。

鰲魚搖搖頭說：「不，我不是。」

「但你的龍頭……」

「一般來說，擁有龍頭的怪獸都和龍有點關係，要不是龍族中的一種，就是龍的親戚。但我是個特例。」鰲魚回答，「我生下來的時候並不是妳看到的這個樣子，是後來遇到了一些事情，才變成這副模樣的。」

「我不懂……」

我迷惑地看著他，後來變成的……難道他整容了？我只聽說過明星們會整容，難道怪獸也可以整容嗎？

鰲魚在大銅缸裡換了個姿勢，讓自己躺得更舒服一點。這個鍍金的銅缸在古代的時候相當於今天的滅火器，它裡面盛滿了水，隨時準備滅火。但是現在，它卻變成了鰲魚的溫床。

「我本來不是鰲魚，我出生的時候是條漂亮的鯉魚。」鰲魚舔了舔嘴唇說，「我出生在黃河裡，那還是遠古時代，讓我算算，距離今天大概……大概……

一、二、一……算了，大概有幾千年了吧！」

我瞪大了眼睛，問：「原來你是條……鯉魚精？」

「不，不，不！那太低級了！」鰲魚不高興地搖著頭說，「看起來妳這孩子沒有好好讀書啊！妳聽說過『鯉魚躍龍門』的故事嗎？」

「我還沒上幼稚園，奶奶就跟我講過這個故事。」我瞇著眼睛回答，這個怪獸真是小看人。

在中國，誰會不知道『鯉魚躍龍門』的故事呢？一條黃河裡的紅鯉魚逆著水流游過洛水，又順著伊河來到龍門山前。他不怕危險，冒著雷電跳過龍門，落水的時候變成了一條巨龍。從此，黃河裡的鯉魚們受到鼓舞，都來嘗試躍過龍門山。但只有很少的鯉魚能跳過龍門化為龍，而跳不過去的鯉魚從空中摔下來，額頭上就會落下一個黑色的疤痕。直到今天，很多黃河鯉魚的額頭上還能找到黑疤。

「難道你就是跳過龍門的鯉魚？」我上下打量著鰲魚。

鰲魚甩了甩他的魚尾巴，說：「我就說妳沒有好好讀書吧！跳過龍門的鯉魚都化成龍了，妳看我現在是龍的樣子嗎？」

我搖搖頭，說起來他還真是說龍不像龍，說鯉魚不像鯉魚，說烏龜不像烏龜。

「那時候，只要是鯉魚都想去龍門試一試。當龍多威風啊！能飛，有魔法，還不會死。雖然說我們鯉魚的壽命和烏龜也差不多，能活個一兩百年，但是畢竟天敵太多了，人會抓，鳥會吃，烏龜也會吃。龍多好啊！除了朝天吼，誰都不怕。」鰲魚深深嘆了口氣，接著說，「所以，我一出生，就和兄弟姐妹們往龍門的方向出發了。那真是一段漫長的旅途，途中我有很多的兄弟姐妹離開了，有的被天敵吃掉了，有的撞在岩石上，還有的放棄了。但是我很幸運地到達了龍門山前。但是躍龍門哪有那麼容易？」

我認真地點點頭，問：「後來呢？」

「我花了一個月的時間積存力氣。這很難，不能太胖，因為身體太重跳躍就會有危險。但又必須吃大量的食物才有力氣，為了這個我還冒險吃過捕魚人撒下的魚食。」他舔了舔嘴唇，似乎陷入了回憶中，過了一會兒他才接著說，「終於，我覺得我能夠跳過龍門了。那是一個大晴天，天上沒有雲彩，連風都沒有，對跳龍門來說，沒有比這更適合的日子了。於是我使出渾身的力氣，像離弦的箭，縱身一躍，一下子跳到半空。但就在這個時候，變天了，一大片的烏雲湧來，夾帶著風和雨，最可怕的還有閃電。我拼命地躲閃，但還是有一道閃電劈中了我。」

「你受傷了？」

鰲魚點點頭說：「我的額頭和尾巴被燒傷了。但是我沒有放棄，仍然忍著疼痛向前飛躍，等到我覺得躍過龍門山了，才放鬆身體落到了湖水裡。」

「你成功了？」

但鰲魚的表情看起來一點也沒有成功的喜悅。

「不，並沒有。實際上，我落下的地方離龍門更遠了，」他平靜地說，「我跳錯了方向。」

「太可惜了。」

我看著鰲魚，真心替他惋惜。

「是啊！這實在太丟人了。」他低下頭說，「閃電在我額頭上留下了黑色的疤痕。那段時間，我都躲在岩石縫的水窪裡，就怕遇到其他鯉魚，他們只要一看到我就知道我是個失敗者。直到餓得受不了，我才在天黑後游回到湖水裡。那天晚上，月亮特別的亮，我看到離我不遠的地方有個白色的亮點漂在湖面上。剛開始我以為是月亮的倒影，但游近後才發現是個白色的圓球。我太餓了，就一口把那圓球吞了下去。結果，沒過多久，我的肚子裡就開始像火燒一樣的痛。我痛暈了過去。」

「那個圓球到底是什麼？」我好奇地問。

「別著急，聽我慢慢跟妳講完。」鰲魚壓下了我的好奇心，接著說，「等我醒來的時候，我發現自己沉在水底。我知道我沒死，魚如果死了會浮在水面上，而不是沉在水底。」

我點點頭，有點傷感，我養的小金魚胖墩兒死的時候就是翻著白肚皮浮到了水面上。

「我發現自己變成了現在的樣子，龍頭，魚身，長出來四隻龜爪。不是龍，也不再是鯉魚，更不是龜。水裡的其他魚告訴我，我吃的是龍珠，所以變成了怪獸。」鰲魚說。

「那個小球居然是龍珠？你太幸運了！」

「大家都這麼說。」

「變成怪獸的感覺怎麼樣？」我問。

「還不錯，我可以在水裡生活，也可以在陸地生活。四隻爪子走起路來很舒適，但我還是習慣在水裡游，更省力。」鰲魚回答。

「就這樣？」

他想了想才說：「嗯……對了，龍頭有點重。不過嘴大了很多，而且有了牙齒，吃起東西來挺方便的。」

「還有別的嗎？」我接著問。

「別的？」鰲魚很認真地想了一會兒說，「人們對我的態度不一樣了，連皇帝都把我當作吉祥物。我聽說，古代很多宮殿前的臺階上有我的浮雕，科舉考試放榜的時候，狀元就站在我的頭上迎榜，叫『獨佔鰲頭』。」

我實在忍不住了，問：「魔法呢？你變成怪獸後總有魔法了吧？」

「魔法？」鰲魚睜大了眼睛，好像不知道我在說什麼。「我個頭變大了，力氣也大了好多，我的鱗片像盔甲一樣，連鯊魚的牙齒都咬不破。」

「不是指這些，噴水、吐火，或是吞火、海嘯什麼的，變成怪獸後你總會有些魔法吧？」

鰲魚慢慢地搖了搖頭，說：「好像沒有，我不會飛，也不會噴雲吐霧什麼的，龍會的我都不會。畢竟我沒跳過龍門成為龍。」

不會魔法的怪獸？我瞪大眼睛看著他。

「啊！對了，如果非說什麼魔法，就是看到我的人都會擁有好運。比如妳看到了我，這幾天一定會有好事發生在妳的身上。」鰲魚得意地說，「這算不算是魔法？」

「這……不算吧！」我換了個話題，「你平時住在哪兒？」

「人們經常為我換住的地方，這段時間我住在齋宮。」他回答。

齋宮正在舉辦清朝玉器的展覽，我想起了廣告上的那張照片。

「難道你是『碧玉鰲魚形磬』（註：磬是一種中國古代石製的打擊樂器和禮器。）上的鰲魚？」

他點點頭，說：「不過我還是最喜歡在這裡睡覺，所以經常溜出來。」

「睡在大銅缸裡？」這個習慣可有點奇怪。

「不知道為什麼，睡在這裡很舒服。我很喜歡這種形狀的地方……」他舒適得瞇上了眼睛。

我的腦袋裡突然有個奇怪的想法，於是我問：「會不會是因為銅缸的形狀很像魚缸？」

「魚缸？」鰲魚意外地看著我，「怎麼會？我早就不是魚了，我是怪獸！」他故意做了一個可怕的表情，但在我看來一點都不可怕。

天已經不早了，晚風裡透出了涼意。我要回媽媽的辦公室去了。

「我要回去了，咱們下次再見。」我和鰲魚告別。

「妳走之前能不能告訴我，妳身上的香味是從哪來的？」鰲魚問。

香味？我聞了聞自己身上的味道，哪有什麼香味？明明是股腥臭味。我想起來了，昨天和爸爸去釣魚的時候，我把一包魚食塞到口袋裡，到現在都還沒拿出來。

我掏出口袋裡的魚食，怎麼就把它給忘了呢？弄得自己一身怪味。

「是魚食，昨天我和爸爸去釣魚了。」我把手裡的魚食拿給鰲魚看。

「魚食……」鰲魚巨大的身體開始顫抖起來，連他身下的大銅缸都發出了「咔咔」的響聲。

「對不起，是不是讓你想起當鯉魚時什麼不愉快的經歷了？」我一邊道歉一邊把魚食塞回到口袋裡。

「不過，你現在已經是大怪獸了！」看著瑟瑟發抖的鰲魚，我嘴裡不停地安慰他，「過去的事情再痛苦也過去了。做為怪獸，你現在擁有力量和盔甲，甚至還有幸運的魔法，這才是最重要的，對吧？」

「當然，當然。」鰲魚，這個已經被人類視為神獸的大怪獸，對我說的話非常贊同。但他的眼睛像被吸住了一樣，一刻也沒離開我的口袋。「也許這樣說有點失禮……我想知道的是，妳是否願意扔點魚食給我呢？我都快餓瘋了。」

拾

# 麻煩鳥

楊永樂總是說，做為一個薩滿巫師的繼承人，要學會和世界萬物交朋友。他並不是說說而已，除了學校裡的同學和老師，他還真的和誰都能交朋友。

記得有一次，他甚至和一隻癩蛤蟆交了朋友。為了這段友誼，楊永樂好幾個月都在捕蚊子和飛蟲來餵飽癩蛤蟆的肚子。可惜他這位只會吃東西和「呱呱」叫的朋友一到冬天，就躲進地下的深洞裡再也不理他了。

不過，這並沒有讓楊永樂失去信心。就在剛才，他讓野貓梨花傳話給我，叫我一定要來一趟位育齋旁邊的竹林，並聲稱要介紹一些新朋友給我。

「什麼樣的新朋友？」我問梨花。

梨花一邊嚼著我桌子上的烤魚片，一邊搖頭說她也不知道。

要不要去看看呢？我猶豫了一下後，決定去赴他的約會。今天我心情很好，因為上午公布語文考試成績時，我的分數比預想的高不少。

我掛著微笑出了門。

今天是個晴朗的夏季天氣，院子裡湘妃竹的葉子閃著濕潤的光。

走進竹林後，就看到楊永樂已經等在那裡。

「小雨！快過來！」他使勁地對我揮著手。

我一邊走一邊四下張望，這裡除了楊永樂，我沒看到其他人的影子。

「你的朋友呢？」我問。

「他們馬上來。」楊永樂一臉興奮地說，「這次我可交了兩個有本事的朋友！」

「是怪獸嗎？」

他搖搖頭。

我想了想說：「那是神仙？」

他還是搖頭。

「等一會兒他們來了妳就知道了。保證嚇妳一大跳！」他說。

我正納悶，湘妃竹的葉子沙沙地搖響了。

楊永樂獻低聲音說：「他們來了！」

「在哪兒？」我打量著四周，茂密的竹林裡連隻野貓都沒有。

「在那兒！」楊永樂指著上面。

我立刻仰起頭到處張望，可是頭上的竹葉裡，除了兩隻肥嘟嘟的麻雀，什麼也沒有。

「難道……你的朋友是隱形的？」我問。

「不是啊！」楊永樂說，「他們不是好好地站在那裡嗎？」

說完，他就開始和樹上的麻雀們打招呼：「嗨！梅花！易數！你們可來了。」

兩隻麻雀高傲地點了一下頭。

「他們……這兩隻麻雀就是你的新朋友？」

我挺失望的，楊永樂就不能交點更好玩的朋友嗎？故宮裡最常見的鳥就是麻雀，哪怕是最冷的冬天，也能看到一大群吃得胖胖的麻雀上下翻飛，爭搶遊客落下的食物。從體型上看，你就知道他們日子過得很富裕，不愁吃、不愁穿，還沒有天敵。

「這丫頭把我們當成普通麻雀了。」一個聲音突然在我耳邊響起。是麻雀在說話嗎？不對啊！明明他們的嘴一點都沒動啊！

「妳能聽到我的聲音嗎？」那個聲音問。

「當然可以。」我有點懷疑地看著頭上的兩隻麻雀。

「妳聽到有人說話，對吧？」楊永樂激動地一把拉住我的胳膊。

我意外地看著他，問：「你也聽到那個聲音了？」

楊永樂搖搖頭，說：「我聽不到，那是梅花和易數專門感應給妳的。」

「感應？」

「怎麼解釋呢……就是類似腦波一類的東西。」楊永樂撓著頭。

「不，是情感共鳴。」那隻叫梅花的麻雀終於張嘴說話了。

「也就是說你可以把你的想法直接傳到我的腦袋裡？」我問麻雀。

「是個聰明的小姑娘。」梅花讚揚道，「和楊永樂一樣聰明。」

「謝謝！」我不太情願地說，我可不覺得楊永樂有多聰明。「但你們為什麼要這麼做？難道是想控制人類嗎？」

「控制？」叫易數的麻雀從樹梢上飛到我面前的一棵矮竹上，說：「不，其實我們會躲著人類，因為大多數的人知道我們的能力後，都想把我們抓起來，然後好好利用。」

「利用什麼呢？」我有點好奇。

「我們不光有情感共鳴的能力，我們還有預知危險的能力。」易數說。

「哇！」我吃驚地叫出了聲，「就是科幻電影裡說的那種超級感知能力？」

「是的。」

「我說他們很棒吧！」楊永樂興奮得滿臉通紅。

我沒有理他，接著問麻雀們：「但是，你們為什麼會擁有這樣的超能力？」

「我們從祖先那裡繼承了這些超能力。」梅花回答。

「難道你們是外星球麻雀？」我猜。地球上的麻雀要是有這些超能力，大概早就被人搶光了，天空上連一根麻雀羽毛都不會剩下。

「我們的祖先應該是南海的黃雀魚，《臨海異物志》裡曾經記載，祖先們會在六月化為麻雀，十月再回到大海變成魚。但後來因為數量越來越稀少，就沒什麼書再提起我們了。但關於我們家族能力的記載是從宋朝開始的……」

沒等梅花說完，楊永樂搶著對我說：「我書架上的《梅花易數》妳不是看過嗎？那裡就記載著他們祖先的故事。」

我想起來了，怪不得我會覺得這兩隻麻雀的名字耳熟，原來他們是把《梅花易數》的書名給拆開了。《梅花易數》是一本寫中國古代占卜的書，楊永樂那裡這種奇奇怪怪的書很多，我有時會翻幾頁。雖然能看懂的不多，不過裡面關於麻雀的故事我倒是記得。那裡面講了一個叫邵康節的占卜師在冬天觀賞梅花時，偶然看到兩隻麻雀為爭搶枝頭而墜落在地上，並由此得到啟示，預測到會有戰爭發生。結果後來邊境真的發生了戰爭。

「你是說，那兩隻爭搶枝頭而掉到地上的麻雀就是你們的祖先？」

梅花一邊點頭一邊說：「是的，妳不要太克制，可以張開喉嚨，大聲叫喊。我們知道妳有多吃驚！」

「我沒有你們想像的那麼吃驚。」我實話實說。這沒什麼可奇怪的，在故宮裡每天都有可能遇到出人預料的事，我已經習慣了。

「我有點失望。」梅花說。

「我也是。」易數跟著說，「雖然我們經常幫助人類，不過知道真相的人可不多。她居然沒有大叫……」

「也沒有跳，沒有瞪眼，連嘴巴都沒張大。」

「讓你們失望真對不起。」我表示歉意，「不過你們剛才說到幫助人類，

怎麼幫助的呢？」

梅花和易數還沒來得及回答，楊永樂又搶先出聲了：「太多了。妳難道沒聽說過類似的故事？有個陌生的聲音警告一個人不要進電梯，結果後來電梯發生故障，掉了下來。或者有個聲音告訴某人不要上飛機，結果就真的發生空難，等等。這些都是他們在暗暗提醒，讓人們免於災難。」

我點點頭，不錯，這樣的故事我聽多了。

易數嘆了口氣，說：「只是我們的力量有限，能幫的人不多。」

我還是有點質疑。

「既然你們不想讓人類知道你們的超能力，為什麼還會和楊永樂交朋友，並告訴我們一切呢？這不會增加你們的危險嗎？」我問。

「和人類成為朋友，這對我們來說必須等待合適的機會，這樣的機會非常

# 【拾】麻煩鳥

少。比如上次出現在宋朝，我們的祖先與邵康節成為朋友。我們的名字就是他為我們的祖先取的，後來，我們世世代代都用這兩個名字。當然，他那本占卜書也是我們的祖先幫助他完成的。」梅花回答，「現在，合適的機會又讓我們和楊永樂成為朋友。」

「你們說的機會指的是？」

「時間、地點、星象、八字……很複雜的一個組合運算。」

好吧！我不打算弄明白了，畢竟大多超自然現象都是找不到原因的。

「他們幫我躲過了很多危險！」楊永樂誇張地比劃著，說，「妳要不要也嘗試一下？他們甚至能預測交通事故的時間和地點。」

對於他的建議，我有點動心。倒不是因為未來危險重重，而是因為，我很好奇這兩隻麻雀到底是不是真的有那麼大本事。

「你們也願意幫我預測危險嗎？」我問。

兩隻麻雀對望了一眼說：「當然，只要妳不把我們關進鳥籠裡，我們很願意保護妳。」

我愉快地點點頭，問：「那能從現在開始嗎？」

「當然！」

事情就這樣決定了。我和楊永樂告別，輕鬆地走回媽媽的辦公室，梅花和易數飛在半空中遠遠地跟著我。他們說這樣的距離不會影響與我的「情感共鳴」。

剛開始，一切很順利，我專心地寫作業，甚至都忘了麻雀這回事。一個小時以後，我耳邊聽到易數的聲音：「文華殿西側屋簷上的騎鳳仙人塑像會在傍晚五點四十分左右被北風吹掉，如果妳正好從那裡經過，那麼被砸破腦袋的人就是妳。」

文華殿正好是我每天去食堂時經過的地方，為了少走點路，我往往會橫越過文華殿的院子。而五點四十分差不多正是我要去食堂的時間。

於是，傍晚的時候，我刻意晚了十分鐘去食堂。剛走到文華門，就聽到院子裡已經亂成一團。媽媽的同事李阿姨對著我跑過來。

「小雨？妳媽媽在辦公室嗎？」李阿姨一把拉住我。

「我媽在辦公室，但是，出什麼事了嗎？」

「他們部門的王老師剛剛被掉下來的騎鳳仙人砸傷了。」李阿姨一邊說，一邊朝辦公區的方向跑去。

天啊！這是真的！哪怕事先有心理準備，等到危險真的發生時，我還是被嚇了一跳。我感激地朝半空中望了望，梅花和易數此刻正停在旁邊的一棵古松

樹上。

「謝謝你們救了我。」我心中默默地想。

「小事 椿。」這次是梅花傳來的聲音。

這之後的幾天，我都十分有安全感。一對擁有超能力的麻雀二十四小時地保護著我，這給了我極大的信心。

每天，梅花和易數都會傳遞一兩次資訊給我。但這些資訊並不一定與我密切相關。比如，梅花曾告訴我，望京會有一起交通事故。望京距離我家和故宮都有十幾公里遠，我一年中也不會去那裡一次。但是梅花說，他並不確定我會不會去望京，所以只要有可能對我造成危險的資訊，他都會傳遞給我。

這之後，我收到的無用資訊越來越多。甚至有一次，連河北石家莊要發生一起搶劫案的事情，他們都告訴我了。

「石家莊？我根本沒去過那裡。」我和麻雀們抱怨，「能不能只報告我身邊的危險？」

「我們並不能確定妳身邊的範圍是多大，也不知道哪條資訊對妳有用。」梅花回答，「宋朝的時候，我的祖先連邊境戰爭這樣的事情都會告訴邵康節，而且那好像對他很有用。」

「他是占卜師，需要知道世界上所有的危險。但我用不著。」

「可是，既然我們答應保護你，就應該是全方位的保護，不管危險來自於哪個地方，我們都會告訴妳。」

我揉著太陽穴，這是我從眼睛保健操中學到的動作。看來，我根本說服不了這兩隻鳥。好吧！只要能幫我躲開危險，多聽點壞消息也沒關係。

麻雀們開始給我提供越來越多的消息。從最初的每天一兩次，到一天五六

次，一週後，他們每天給我傳遞危險資訊的次數達到了十幾次。火災、火車事故、食物中毒、煤氣外洩……我的心情越來越灰暗，即便這些事都不會發生在我身上，但每天聽到世界各地有那麼多壞事發生，真是糟透了。

而跟我有關的事情，也開始變得麻煩。我每天要花很多時間在避免危險上。比如，繞道上學來躲開野狗；遠離御花園，因為那裡有個遊客帶的鐳射筆有可能刺傷我的眼睛……過多的擔心弄得我心事重重。

我甚至開始懷疑，既然每天都有這麼多危險的事情發生，自己這十一年是怎麼活下來的？

「我怎麼覺得我身邊的危險越來越多？」我問梅花和易數。

「是的。」麻雀們承認，「因為每當妳避免了一個危險，妳所處的環境就發生改變，這可能會導致妳面臨其他的危險。」

「這樣的話，我的麻煩不是會越來越多嗎？」我瞪大了眼睛。

「可以這麼說。」

「你們為什麼不早告訴我？」我生氣極了，「行了！到此為止了！我不再需要你們的預言了，請你們離我越遠越好。」

「天啊！幾百年來妳是第二個趕我們走的人類！」梅花和易數一臉不敢相信的樣子。

「誰是第一個？」我問。

「邵康節。」易數回答。

我有些意外地問：「他不是你們祖先的朋友嗎？」

「是的。」梅花說，「不過他六十歲以後就消失了。祖先們找了他好久，找到他時，他正躲在一處偏僻的茅草屋裡。看到我們的祖先後，他哭著說緣分

已盡，請他們離開。」

麻雀們一臉不解的樣子。我卻可以理解邵康節：我們人類最可怕的壞毛病就是貪心，所以我們會很輕易接受別人免費提供的東西，也都不管自己是不是真的需要，然後麻煩就來了。

「很感謝你們這段時間的幫助！」

我朝著麻雀們揮了揮手，不再聽他們說什麼，轉身就走。麻雀和我的麻煩一起被我留在了身後。

國家圖書館出版品預行編目（CIP）資料

故宮裡的大怪獸 7：白澤大王的回憶 / 常怡著； 么么鹿繪 . -- 第一版 . -- 臺北市 ： 樂果文化出版 ： 紅螞蟻圖書發行， 2019.04

面 ； 公分 . --（ 小樂果 ； 17）

ISBN 978-986-97481-6-2( 平裝 )

859.6　　　　108001472

小樂果 17

故宮裡的大怪獸 7：白澤大王的回憶

作者 ／ 常怡
繪圖者 ／ 么么鹿
總編輯 ／ 何南輝
行銷企劃 ／ 黃文秀
封面設計 ／ 引子設計
內頁設計 ／ 沙海潛行

出版 ／ 樂果文化事業有限公司
讀者服務專線 ／ （ 02 ）2795-3656
劃撥帳號 ／ 50118837 號 樂果文化事業有限公司
印刷廠 ／ 卡樂彩色製版印刷有限公司
總經銷 ／ 紅螞蟻圖書有限公司
地址 ／ 台北市內湖區舊宗路二段 121 巷 19 號（ 紅螞蟻資訊大樓 ）
電話：（ 02 ）2795-3656
傳眞：（ 02 ）2795-4100

2019 年 4 月第一版 定價／ 250 元 ISBN 978-986-97481-6-2

※ 本書如有缺頁、破損、裝訂錯誤，請寄回本公司調換。